헬로! 카이

헬로! 카이

초판 1쇄 인쇄일 _ 2006년 10월 28일
초판 1쇄 발행일 _ 2006년 11월 4일

지은이 _ 윤의원
펴낸이 _ 최길주

펴낸곳 _ 도서출판 BG북갤러리
등록일자 _ 2003년 11월 5일(제318-2003-00130호)
주소 _ 서울시 영등포구 여의도동 14-5 아크로폴리스 406호
전화 _ 02)761-7005(代)
팩스 _ 02)761-7995
홈페이지 _ http://www.bookgallery.co.kr
인터넷 한글주소 _ 북갤러리
E-mail _ cgjpower@yahoo.co.kr

© 윤의원, 2006

값 9,500원

* 저자와 협의에 의해 인지는 생략합니다.
* 잘못된 책은 바꾸어 드립니다.

ISBN 89-91177-26-3 03810

윤의원 장편소설

Hello kai
헬로! 카이

BIG 북갤러리

지금 이 순간에도 내 안에서 자라나는 기생충 같은 상처들.

우리는 상처라는 세계 속을 살아간다.

아무리 귀퉁이에 몸을 숨겨도 그곳 또한 공기조차 상처로 오염되어 있고, 화려한 스포트라이트를 받는 선택받은 자들조차 상처를 안고 살아가니 이 세상, 상처 하나 없는 사람이 어디 있겠는가.

말이 주는 상처와 외모가 내는 상처. 가정에서 직장에서 부기지수로 넘쳐나는 순위조차 매길 수 없는 상처들 속에서 우리는 결코 피할 수가 없는 것이다.

하지만 상처는 상처를 내는 것으로 끝을 내지 않는다.

좌절과 후회, 분노와 복수는 돌이킬 수 없는 방황을 만들어 내기도 하지만 때로는 단단한 힘을 가진 불타는 용기와 희망으로 거듭나 나타나기도 한다.

그것의 선택이 바로 나의 몫인 것이다.

선과 악, 필요와 불필요가 공존하는 세계 속을 살아내기 위해서는 반드시 선택을 해야 한다.

신이 우리에게 준 것은 바로 그 선택의 자유인 것이다.

이 순간 치유된 상처도 결국은 상처고, 또 다른 새로운 상처가 도처에 도사리고 있어 절대로 멀어질 수 없다면 우리는 신이 내린 자유권으로 무엇을 선택할 것인가.

나는 이 글을 쓰는 내내 진행 중인 상처가 있었다.

그리고 이 글을 마친 지금에도 그 상처는 진행 중이다.

그러나 나는 온 우주를 뒤져서라도 꽁꽁 숨어 있는 행복을 선택할 것이다.

윤의원

I

'시간은 아주 넉넉하게 있어. 계속해 보렴!'

'그래요. 우린 거기에서도 분명 하나였어요.

하지만 그것만으론 부족하니까요.

다시 하나가 되기 위해 온몸을 내던졌어요.

두려움 같은 건 생각 안 해봤어요.

충분히 생각할 수도 없었어요.

단지 하나이고 싶다는 바램뿐이었죠.

지금처럼 이곳에서 하나가 된 우리는 또 다른 하나가 되

기 위해 설레는 마음으로 기다릴 거예요.'

'기다리는 시간엔 뭘 하면 되는 거지?'

'아주 간단한 질문이라서 대답하기에도 무엇하네요.
하지만 말씀드리죠.
그건 하나가 되었을 때 해야 할 이야기들을 생각해 두는
거예요.'

'다시 만날 수 없을지도 모르잖아.'

'그것 봐요. 지금 또 의심을 하고 있잖아요.
당신은 충분히 바라지 않는군요.
심심하거나 혹은 따분하기 때문에 상상 속에서 바라고
있는 건 아닌가요?
아님 외로워서? 그렇다면 꼭 그가 아니어도 되겠군요.'

'그렇지 않아!'

'제게 대답할 필요는 없어요.
마음에게나 필요할 대답이겠죠.

의심을 버리면 상처도 나지 않아요.
기다리는 시간 또한 행복한 시간이죠.'

'그렇게 다그치지 말아줘.
때로는 마음이 생각을 따라갈 수 없는 일도 생기는 법이
잖아.
그래서 도움을 청한 거고.'

'좋아요. 그치만 이해할 수가 없어요.
아무것도 일어나지 않았는데 왜 의심을 품고 스스로에
게 상처를 내는 거죠?
본 것을 믿어 놓고 왜 안 본 것에 마음을 다치는지 알
수가 없네요.'

'그건….'

비가 그쳤다.
때문에 이야기도 그쳐 버렸다.
제대로 반문 한번 못해보고 꾸지람만 들은 자리가 따끔

거렸지만 무엇보다도 아직 반의반도 풀리지 않은 궁금증들이 너무 이르게 비가 그친 것을 서운해하며 울상을 지었다. 비가 그치자 곧 사위는 새까맣게 잠잠해져 버렸다. 쉴 새 없이 조잘대며 온통 주위를 채우던 빗소리가 잦아들자 숨죽이고 있던 시계바늘이 소리영역을 조금씩 넓혀 나갔다. 비가 내릴 때 소리부터 오는 이유는 끊임없는 수다 때문일 것이다.

빨래를 개키는 중이었다.

햇살마저 번드레하던 어느 날엔가 널어놓았던 빨래가 며칠 째 내리는 비에도 마냥 베란다에 널려져 있었다. 바싹 마른 후 습한 기운에 젖기를 몇 번 반복했는지 바람의 냄새보다는 땅의 냄새가 더 진하게 풍겼다. 그나마 가짓수도 많지 않은 빨랫감을 개면서 내내 느릿장을 부렸다.

'오후 1시 스텝과의 미팅'

거실 한 쪽 벽에 걸린 보드에서 약속을 상기시키듯 포스트잇 한 장이 떨어져 내렸다. 시계를 올려다보았다. 아직 여유 분의 시간이 남아있기는 하지만 귀찮은 듯 몸을 일으켜 세웠다. 첫 만남부터 지각을 해 쓸데없이 좋지 않은 이미지를 낭비하고 싶지는 않으므로. 예영의 부탁이 아니었더라면 그저 예의바르게 거절했을 정도의 일이었다고 해도 구태여 비 관심적인 면모를 드러낼 필요는 없는 것이다.

"일어났니?"
"응."
"오늘 알고 있지?"
"응."
"윤수연 선생님! 싫은 티 좀 그만 내시는 게 어떻겠어요! 다들 하고 싶어서 난리랍니다. 이왕 하기로 하신 거 기분 좋게 하시면 어디가 덧나냐? 암튼 새침해서는⋯. 너 이번 작품이 얼마나 중요한지 알긴 아는 거야? 청소라도 하겠단 사람들이 줄을 섰다구⋯. 울상인 건 너 하나 뿐이야!"
"내가 언제."
"어머 얘 좀 봐! 감독님도 그러시더라. '이거 어째 내가 더 눈치가 보여' 그러시던데! 하감독이 어디 보통 사람이니. 눈치가 백단일거다 백단!"

"그런 거 아니야."

"아니면 됐구! 암튼 그건 그렇구 너 어떻게 올 거니?"

"차로 가려구."

"찾아 올 수 있겠어?"

"응."

"꽤 복잡한 거 같던데. 폐교여서 마을이랑 떨어져 있
대."

"괜찮아."

"그래 그럼. 너 차 없이 오면 유실장 보내려고 전화한
거야."

"영식씨?"

"그럼 누구겠니!"

"다쳤다길래."

"그냥 삐끗한 거라서 며칠 침 맞았다나봐."

"다행이야."

"근데 어쩜 넌 예의도 없니!"

"응?"

"유실장 안부는 물으면서 내 안부는 안 묻니?"

"왔구나."

"이젠 늙어서 엎드려 절 받기도 힘들다."

"훗."

"어제 도착했대."

"응."

"나 밤 꼴딱 샜잖아…. 화장 안 받을까봐 걱정이야. 그 사람 생각하니까 잠이 와야 말이지…. 아무래도 미쳤나 봐. 왜 이렇게 진정이 안 되는 거니! 청심환이라도 하나 먹을까? 첫 이미지가 얼마나 중요한 건데. 지금 말하는 데두 온 몸이 쪼그라드는 거 같다 애. 나 만나면 한마디도 못하구 덜덜 떨어야 하는 거 아니니?"

"괜찮을 거야."

"그걸 말이라고 하니 지금? 내가 누구니? 나 한예영이야, 한예영! 그렇게 멍청하게 첫 만남을 망칠 것 같아? 천만에 말씀 만만의 콩떡이지. 너 알지? 내가 한다면 하는 거? 이게 어떤 기회냐! 절대 놓칠 수야 없지. 암, 어림없는 소리지! 두고만 보셔! 아마 돌아갈 땐 나 없인 안 간다고 할 걸…."

'장쉬에.'

기억이 틀리지 않다면 그녀가 그토록 기다리던 사람의 이름이 맞을 것이다. 몇 달 전부터 그녀로부터 하루도 빠짐없이 들은 이름이어서가 아니다. 그녀가 연극 영화과에 다니던 시절, 죽고 못살던 대만 드라마의 주인공으로 이날 이때까지 변덕스러운 그녀의 넘버 원 자리를 빼앗기지 않고 굳건히 자리 매김을 하고 있던 터여서 무의식 중에라도 튀어나올 수 있는 이름이었다. 하지만 이름 외에는 그 어떤 것도 알지 못했다. 나이는 고사하고 사진으로조차도 모습을 본 일이 없었다. 예영과 학교나 과가 다르기도 했지만 좋아하던 배우가 하루가 멀다고 바뀌던 탓에 그 많은 남자 배우들을 일일이 대조해가며 확인할 수도 없었거니와 무엇보다도 예영과의 관심사는 언제나 달랐다. 미술과 음악분야에 관심이 많았던 수연과는 달리 예영은 영화나 패션, 연예가에 관심이 더 많았다. 다른 건 그뿐이 아니었다. TV나 잡지 속에 나오는 남자 배우들은 물론, 음식, 영화, 음악, 패션스타일까지도 판이하게 달라 둘도 없는 친구 사이라는 것이 다른 친구들에겐 의문으로 남겨졌다. 그러나 다르다고 해서 싫다거나 못 견디겠다거나 하는 식의 충돌은 단 한번도 없었다. 언제나 서로를 존중해 주었고 나름대로 별 탈 없이 힘들지 않게 지내올 수 있었던 것은 '기적' 같은 일이라고 예영은 입만 열면 그렇게 말했다. 수연은 그 말이 하나도 싫지가 않았다. 전적으로 동의함으로.

몇 달 전.

그러니까 호주로 여행을 떠나기 바로 직전, 말의 반은 씹어 삼켜 도통 무슨 말인지 알아들을 수가 없을 만큼 흥분한 상태의 예영으로부터 전화를 받은 것은 아침나절 중국 합작 드라마의 여 주인공 캐스팅에 오디션을 보러 떠난다는 전화를 받은 같은 날 저녁이었다. 사람들의 말을 빌자면 안나오는 데가 없는 스타가 예영이었기에 그리 걱정하지도 않았거니와 그렇게 간절히 원하고 있는지도 알지 못했으므로 전화를 받은 즉시 까마득하게 잊고 있었다.

그가 한국에 온다고 했다.

처음에는 그녀가 정확히 누구를 말하는지 알 수가 없었다. 아침나절 보러 떠났던 오디션의 남자 주인공은 이미 확정되어 있었지만 암암리에 진행된 극비 사항이어서 여주인공 오디션에서조차 쉬쉬하고 있었던 모양이었다. 단지 아시아로 뻗어 나가기 위해 치렀던 오디션은 허투루 들었던 중국합작이 아닌 대만이었고, 누군지 정해져 있지 않다던 남자 주인공은 장쉬에로 그의 연인을 공모하는 대대적인 행사였던 것이다.

그 후, 연예계 뉴스나 인터넷, 신문, 각종 매거진 등에서는 이 일을 대대적으로 다루고 나섰고, 하루하루 예영은 자신의 볼을 꼬집어 가며 상상의 다리를 건넜다. 그리고 그 엄청난 프로젝트에 스태프로 참여할 수 있었던 것은 예영의 입김과 더불어 드라마 상, 주인공의 직업이 도예가라는 특수한 전문직 여성이었기 때문이다. 알량한 직업 때문에 자문으로 묻어간다는 것은 그닥 즐거운 일이 아니었다. 도예 작업이 큰 비중을 차지하고 있는 것도 아니고 사람들에게 도예에 관한 지식을 습득시키는 것도 아니어서 그리 즐거운 작업이 될 것 같지 않았기에, 선뜻 제의를 받아들이기가 쉽지 않았지만 예영과 감독님의 끊임없는 구애에 마지못해 결정을 내렸다. 게다가 그 즈음해서 조금 긴 여행을 준비하고 있었고 드라마에 대한 그 어떤 열정도 없었으며 그녀가 말하는 히어로에 대해 아무것도 아는 바가 없었으므로 어떻게 봐도 흥미로울 수 없는 일이었다. 어쨌거나 온 세상이 그 일로 떠들썩하다그 느껴질 무렵 드라마에 대한 그 어떤 준비나 대책도 마련해 놓지 않고 짐을 꾸려 한국을 떠났었고, 여행을 마치고 돌아온 지금에도 떠나기 전과 다를 바 없이 미팅에 참석하게 되었다.

여자 주인공의 작업실이 될 전라도의 한 폐교.

그 길을 찾아가는 것은 예영의 말대로 그리 복잡하지는 않았다. 아직 채 갈아입을 새가 없었던 나무들의 샨 채가 오는 길을 마중 나와 주어서 심심하지 않게 올 수 있었다.

봄이다.

같은 옷을 입지만 봄과 가을은 분명 다르다. 굳이 눈으로 식별하지 않아도 자신만의 느낌으로 한 치의 오차도 없이 구별해 내는 신통력을 신은 우리에게 주었다. 그것은 바람의 냄새, 혹은 피부의 감촉 같은 것으로 각기 똑같은 느낌들을 서로 공유할 수는 없을지라도 각각 자신만의 기억들로 채워져 피부 표면에 남아 겉돌다가 그 어떤 순간의 느낌들이 뇌보다는 피부가 먼저 알아채고 움찔움찔 피부 속으로 기어 들어가 가슴까지 저릿하게 만들며, 그 어떤 순간과 같은 기분을 느낌으로 알게 되는 것이다. 수연은 창 밖으로 손을 내밀어 봄을 느꼈다. 아직 충분하지 않은 강도의 햇살이 자연을 자극해 만들어 내는 봄의 냄새가 싫지 않아서 창문을 열어 두었더니, 긴 머리칼이 정신 없이 흩어져 있었다. 하지만 그 느낌조차도 이 계절에만 느낄 수 있는 것이어서 살짝 쌀쌀한 기운도 무시하고 달려 그녀가 폐교 앞에 이르렀을 때 이미 도착한 것을 알리듯 예영의 밴과 수많은 차들이 오랜 정적이었을 운동장 안을 가득 메우고 있었다.

"오셨어요?"
"네."
"어떻게 잘 찾아오셨네요. 이정표가 영 부실해서 힘드실 줄 알았는데. 다들 오셨어요. 초행길이라 그런지 일찍 출발들을 하셨나봐요. 예영씨가 윤선생님 오시나 나가보라고 해서요."

“네에….”

“어서 들어가세요. 예영씨 말릴 사람, 윤선생님 뿐이시
잖아요.”

“예?”

“들어가 보시면 알아요.”

영식의 웃음에 수연도 따라 조금 웃었다.

“벌써 개나리네요.”

이미 촬영지로 내정되어 공사에 착수했다는 말은 들은
것도 같다. 하지만 폐교였음이 무색할 만큼 완벽한 리모
델링이 끝이나 있었다. 학교라야 봤자 서울의 학교와는
다르게 서너 개의 반이 전부였을 것 같은 외부와 너벽을
새로 칠해 열정이 넘치는 도예가의 작업실로는 적절한 느
낌이었다. 게다가 학교 담벼락을 따라 빙 둘러 노란 개나
리가 자연스레 피어나 한 몫을 단단히 하고 있자 그림에
나 나올 법한 풍경이라고 생각했다.

"너무 감동하지 마세요. 저거 다 심은 거라던데요."

　예영의 매니저를 따라 좌측으로 난 계단 쪽으로 발길을 옮기자 학교 뒤편으로 반쯤 고개를 내민 커다랗고 보기에도 좋은 가마가 보였다. 한번의 소지도 구워낸 적이 없을 텐데 여러 차례의 가마내기를 한 것처럼 오랜 세월의 흔적이나 기품이 묻어나 보였다. 그리고 보면 연출이란 참으로 대단한 힘을 가졌다. 똑같은 것을 만들어내지만 그것에는 감정이 없는 것이라고 생각했었다. 하지만 많은 사람들이 그 연출에 열광하고 눈물과 웃음으로 화답하는 것을 보면 연출은 진실이나 사실보다도 더한 힘을 가졌다는 것을 알 수 있다. 자연스럽게 피어났다고 생각했던 개나리마저 연출이었다는 것이 조금은 수연의 기분을 언짢게 했지만.

　그리 밉살맞아 보이지 않은 학교 내부로 들어서자 사람들의 웅성거림으로 이내 깊은 산 속의 고요함은 사라졌다. 아직 예정된 시간보다 한참의 시간이 남아 있음에도 이른 늦음 속에 마음이 불편했다.

20

“어이쿠! 이게 누구? 우리 윤선생 오셨네. 이리로 오라구 이리. 이거야 서울서 만날 때 보담 더 반갑구만 그래. 허허허…. 다들 윤선생 안 온다구 어찌나 걱정을 하든지. 아주 질투 나서 죽는 줄 알았다니까.”

“하감독님도 참! 누가 누구 걱정을 했다구 그래요! 수연이 안 온다구 전화해 보라구 말씀하신 게 누구시더라….”

“허허…. 그러고 보니 예영씨한테 짓궂은 데가 있었구만. 아님 질툰가?”

“참 감독님도! 저 눈 높은 거 아직 모르셨어요?”

“오호라…. 이젠 늙었다구 대놓고 면박일세 그래! 알겠다구. 내 접수하지.”

“에이~ 감독님 또 삐지셨다. 농담인 거 아시면서….”

“이거야 원 참! 이젠 삐지지도 못하겠네 그려. 허허허허….”

“수연아, 이리와…. 감독님 옆은 왠지 제가 불안해서요! 아무렴 친구만큼 편하겠어요?”

“편한 대로 하라구. 어쨌거나 어때 윤선생! 작업실이 그럴싸해 보이지 않나?”

웅성거림이 멈추고 시선이 몰리자 얼굴이 붉어졌다. 이럴 땐 마음이 먼저 알아주곤 말로 수습을 해주면 좋으련만 항상 표정이나 빛깔이 먼저 눈치를 채곤 불쑥 고개를 들었다. 가끔 얼굴 하나 붉히지 않고 살짝 표정만 바꾸어주며 익살스럽게 대처하는 예영를 보면서 그녀의 끼를 가늠하곤 했었다. 지금 또한 그녀는 가장 매력적인 자세를 취하고 앉아 가장 적당한 선을 유지하며 자신의 위치를 각인시키고 있는 것이리라. 어쩌면 그것은 가진 자, 높이 선 자만이 누릴 수 있는 여유와 특권일 것이다. 그녀가 오늘따라 더욱 크게 빛나고 있었다.

"인사해. 장쉬에씨야."

한 무리의 사람들을 만난 그 다음 날에는 언제나 후회가 도사리고 있었다. 알 수 없는 외로움과 고독함과 공허함으로 풍요 속의 빈곤이라는 말이 저절로 새겨지는 그런 느낌이어서 다시는 영원히 아무도 만나지 않고 꽁꽁 안으로만 숨고 싶었다. 그것은 두려움이었다. 남에게는 아무것도 아닌 상처에 대한 두려움. 아무리 큰 소리로 말해도 제대로 전달되지 않고 무시당하고 있는 것만 같은 기분, 관심 받고 싶은 대상으로부터 철저히 외면당하는 기분, 마지막으로 노력하며 살아온 삶과는 무관하게 느껴지는 초라함과 부끄러움이 복잡하고 미묘하게 엉키어 스스로에게 상처를 내었다. 오히려 혼자 있을 때에는 안전하다고 느꼈다. 하지만 사람들이 모이면 모일수록 비무장지대에 홀로 갇힌 것 같은 느낌이었다. 수연은 후회했다. 두려움을 기억하지 못한 것에 대하여. 아무리 사람들이 수연의 속내 따위에는 관심이 없다 해도 이미 깊게 상처받고 있었다. ―무덤이라도 괜찮아. 어디든 찾아 들어가고 싶어.―

* * *

"우리 반딧불 보러 갈래요?"

정확히 알아들을 수가 없었다. 분명한 발음이었지만 그의 유창한 영어를 읽어내기에는 턱없이 부족한 회화 실력이었으므로.
전자사전을 내밀었을 때 그는 조금의 비웃음 비슷한 것

을 흘렸다. 약간의 자존심이 상한 것은 사실이지만 어쩔
수 없는 일이다.

"glow worm이 뭐죠?"
"lighting bug."
"반딧불?"
"응."
"지금요?"
"그래 지금. 여기서 그리 멀지 않아!"
"놀리는 거죠 당신? 처음부터 날 놀리고 있었던 거예
요."

  수연의 얼굴이 빠르게 달아올랐다. 얼굴이 달아올랐다
는 건 두 가지의 의미를 뜻한다. 무안하거나 혹은 화가 나
거나. 이번 경우라면 후자 쪽에 더 가까울 것이다.

현재 시간 오후 여섯시 십칠분!
이미 하늘 위로 검은 그림자가 모습을 드러내기 시작했
고 그것을 알리기 위해 새들은 빠르게 입을 놀렸다.

그를 만난 건 서너 시간 전쯤.

토리와 열두시에 만나 점심을 먹고 두시까지 학교엘 가 봐야 한다고 했으니까 브리즈번 시내로 나온 건 두시가 조금 넘은 시간이다. 시청 앞 광장에서 몇 장의 사진을 찍은 후 토리의 지시대로 시청 꼭대기에 있는 시계탑으로 올라갔다. 역사가 그리 오래되지 않은 호주는 오래된 건물들을 관광지로 삼고 그것을 복원하거나 증축해 갖가지 청사나 정부기관으로 활용하고 있었는데 브리즈번의 시청 또한 내부에 엘리베이터를 설치해 시계탑 꼭대기로 올라가 시내를 내려다 볼 수 있게 관광객들을 배려하고 있었다. 수연은 엘리베이터에서 내려 긴 계단을 걸어올라 갔다. 그러자 조그마한 통로가 보였다. 그 통로를 통해 들어가 보니 들어온 것이 아니라 나온 것이었다. 통로는 바로 하늘로 이어져 있었고 나온 곳은 성처럼 뾰족한 모양을 한 기둥이었다. 그 기둥에 커다란 시계가 설치되어 있었다. 시청 앞 광장에서 볼 때와는 다르게 무척 큰 시계였다. 그 시계는 커다란 종에 연결되어 때마다 사람들에게 시간을 알려 주었다. 조금 당황했던 것은 통로를 통해 나와 기둥의 양 방향으로 빙 둘러져 갑판이 있었는데 어느 방향으로 돌든 원점이 될 것이라는 생각과 달리 통로의 반대편 쪽이 가로막혀 있었다. 그러니까 통로에서 나와 왼쪽으로 갔다가 다시 통로로 돌아와 오른쪽으로 가야 기둥을 다 돌았다고 할 수 있는 것이다. 사실을 안 것은 오른쪽으로 돌며 시내 전경을 바라보다가 웬만한 사람의 허리부분 정도까지 막아놓은 철로 된 칸막이에 부딪친 후였다. —왜 막아 놓았지? 한 방향으로 갔다가 통로를 통해 들어가면 될 텐데.— 부딪친 부분이 잠시 욱신거렸지만 괜찮은 듯 싶었다. 수연은 부딪친 부분을 손으로 문지르며 사방을 둘러보았다. 사람은 없었다. 어떤 창피한 일을 당했을 때 주위를 살펴보는 것은 오래된 습관이기도 했지만 이 넓은 시내 한 복판에서 사람들을 피해 자유를 누릴 수 있는 공간에 와 있다는 느낌이 기분을 좋게 만들었기 때문이기도 했다. 수연은 난간에 서서 깊게 숨을 들이마셨다. 바람의 느낌이 사뭇 달랐다. 소곤소곤하게 귀를 자극하고 답답했던 가슴 속 기운까지 돌려놓은 듯, 바람은 수연을 위로하고 있는 것만 같았다. 수연은 오른쪽 시내를 충분히 관찰한 다음 다른 한 쪽의 전경도 구경하고 싶어졌다. 통로를 지나쳐 왼쪽 방향으로 천천히 걸음을 옮졌다. 그리고 거기에서 그를 만났다.

물론 바람의 소리 때문에 인기척이 들릴 리 만무했다. 하지만 조금 전 수연이 있었던 그 자리에 꼼짝도 하지 않고 서있는 모습은 오랜 시간 동안 머문 듯 보였고 다른 장소에 있던 사람을 순간이동시켜 놓은 것처럼 놀라게 했다. 얇은 칸막이 하나를 두고 건너편에 서있던 그는 그 무엇도 의식하지 않았다. 수연의 시선조차도.

깊숙이 눌러 쓴 모자와 커다란 선글라스 때문에 인종조차 판별할 수 없는 그에게서 짧게 두었던 시선을 거두었다. 더 이상 혼자만의 공간이 아니라는 생각이 들어 바람도 전경도 모두 따분했다. 다음 장소를 정해둔 것도 아니고 약속이 있는 것도 아니지만 자리를 피하고 싶었다. 급하게 시내를 향해 몇 번의 셔터를 더 누른 후 돌아 나가기 위해 몸을 돌리기 바로 직전, 달큼한 향내를 잠시 느낀 것도 같다. 하지만 인식은 늦었고 그와 먼저 부딪친 카메라가 시계탑 아래로 곤두박질쳤다. 사진기는 머지않아 시청 앞 어디엔가 떨어졌고, 소리는 그리 크지 않았으며 시계탑 위에선 사진기의 정체가 식별되지 않았다. 수연은 달렸다. 운명을 달리한 사진기를 향하여. 그러나 사진기는 사진기로서의 최후를 그 어떤 사진기보다도 비참하게 마감한 듯 보였다. 여행을 하면서 누구나 한번쯤은 생각했으리라. 카메라를 잃어버리거나 고장이 나는 상상을…. 말은 씨가 되는 법이고 생각은 뿌리가 되는 법이라고 했던가. 마침내 옛 속담을 경험하고 옛 분들의 말을 하나하나 되새기는 것으로 카메라의 마지막 가는 길에 심심한 위로를 표명했다.

"날아 간 사진들이야 어쩔 수 없겠지만 사진기는 내가 보상할 거예요. 그러니까 그렇게 슬픈 얼굴은 하지 말라구."

양손을 각각 바지 앞 주머니에 반쯤 걸친 그에게 화가 옮겨간 것은 분명 카메라 때문이 아니었다. 아무리 나하고 너, 우리 밖에 없는 영어라지만 그의 억양과 불성실하게 쏟아내는 언어들이 몹시 불쾌했기 때문이다. 보다 먼저 사죄를 했다고 해도 상황이 달라지지는 않을 것이었다. 하지만 지금처럼 상실감과 함께 이방인으로서의 모멸감은 느끼지 않았을 것이다. 수연은 무슨 말이든 하고 싶었다.

아니 이처럼 어색한 상황 속에서는 어떤 말이든 해야 했다. 화가 난 것도 사실이지만 동방예의지국의 국민으로서 적어도 괜찮다는 말은 해야 하니까. 그 정도의 예의와 영어 실력은 되니까 말이다. 하지만 어처구니없게도 그를 올려다 볼 틈도 없이 눈물이 먼저 나와 버렸다. 그 눈물의 의미는 알 수 없었다. 화를 내야 하는데 영어로는 화를 내 본 적이 없어서도 아니고, 망가진 카메라가 아까워서도 아니었다. 왠지 모를 울화 같은 서러움이 차고 넘쳐 말문까지 막아 놓은 것이다. 사태는 점점 수습할 수 없는 지경에 다다르고 있었다. 눈물은 쉬이 멈추질 않고 낯선 땅에서 웬 동양여자가 시청 앞에 앉아 울고 있는 모습이 눈에 들어온 사람들은 그녀 앞에 서있는 이 남자가 이별을 통보했거나 사랑싸움을 하는 것쯤으로 예상했다. 수연은 힐끔거리는 시선에도 멈추질 않는 눈물이 사뭇 원망스러웠다. 그 사이, 그는 천천히 사라졌다. 언제부터 그녀 앞에 그가 없었는지는 알지 못했다. 다만 머리가 새하얗게 쉰 호주 할머니가 내미는 손수건을 받아 들고 눈물을 닦아내며 차라리 소리 없이 사라져 준 그에게 고마움을 느끼던 터였다. 자신의 손수건을 스스럼없이 이방인에게 내어준

고마운 할머니에게 감사함을 눈인사로 전하며 수연은 황
급히 자리를 떴다. 그게 어디든 따뜻함은 존재한다고 느
끼며….

"마셔요. 도움이 될 거야."

고마움이 채 가시기도 전이었다. 눈물로 부어오른 눈동
자와 눈구덩이가 그대로 벌겋게 달아올라 있었고 목소리
마저 쉰 듯 잠겨 있었다. 그런 수연에게 그는 마지막 자존
심마저 허락하지 않겠다는 듯, 달치근하게 웃으며 나란히
걷고 있었다.

"그냥 도망가면 어떡해요. 사진기 값은 받아가야 하는
거 아닌가? 비싸 보이던데…."
"괜찮아요."
진짜로 조금은 괜찮아 진 것 같았다. 결혼한 부부가 익
숙해지면 스스럼없이 방귀도 뀌고 트림도 하는 것처럼 수
연의 망신살도 이미 그와 친숙해져 있는 것만 같았다. 적
절한 비유는 아니지만 말이다.

“지금은 조금의 현금과 크레디트 카드 뿐이야. 당장이
라도 보상하고 싶지만 사정이 있어서 지금은 돌아 갈 수
가 없어. 연락처를 줘. 내일쯤 연락하도록 하지.”

“정말 괜찮아요.”

“훗, 돌아 버리겠군! 이래 보여도 믿을만한 사람이니까
안심하고 연락처만 달라구.”

“전 여행 중이에요. 핸드폰 같은 건 없어요. 머무는 곳
이 있지만 연락처를 외우지 못했어요. 정말 괜찮아요. 그
러니 그냥 가게 해 주세요.”

“믿지 않는군!”

“가겠어요.”

“잠깐만! 생각보다 성격이 무지 급하군. 그럼 이렇게 하
지. 당신은 여행 중이라고 했어. 다음 계획이 뭐였지?”

“그건….”

“좋아. 아주 잘 됐어. 지금부터 함께 여행을 하는 거야.”

“네?”

“훗! 그런 표정은 하지 말라구. 딱 오늘 남은 일정까지
만이야.”

“이보세요!”

"하하, 그 표정은 뭐지? 하루뿐이라 아쉽다는 건가?"

"장난치고 싶지 않아요."

"왜 싫은가?"

"내가 왜 그래야 하죠?"

"당신은 사진기 값을 받아야 하니까."

"당신 말을 못 알아듣겠어요."

"좋아 쉽게 말하지. 오늘 일정이 마쳐지면 함께 호텔로 가는 거야. 호텔로 돌아가면 당신의 사진기 값이 있어. 어때? 훌륭한 플랜이지 않아?"

그렇게 해서 그를 만났다. 끝에 함께 가야 할 곳이 호텔이라는 점과 아무리 좋은 점수를 주려고 해도 조금도 예의 있지 않아 보이는 말투가 그녀의 결정에 흠을 냈지만, 알 수 없는 기운이 그의 결정을 도왔다.

"차로 얼마 걸리지 않아. 지금 출발하면 되는데 설마 여기서 포기하는 건 아니겠지? 보태닉 공원 앞쪽에 차가 있어. 이쪽이야."

수연은 이번에도 거절도 화도 내지 못했다. 그가 차 문을 열어 주었을 때 마지막 기회가 상실되어 버렸다는 생각이 골드 코스트로 가는 차 안에서 내내 맴돌았다.

“어디서 왔지?”
“한국에서.”
“머무르는 곳은?”
“친구 집.”
“같은 한국인?”
“아니요.”
“그렇다면?”
“대만 친구.”
“대만어를 할 줄 아나?”
“전혀요.”

밤이 깊고 산도 깊었다. 골드 코스트에 있는 템버린 마운틴으로 들어서자 사람도 차도 불빛도 모두 그 깊이 속에 묻혀 버린 것만 같았다. 멀지 않다는 말을 믿지는 않았지만 두 시간 남짓 걸리리라는 것도 알지 못했다.

"이걸 들어! 어둠 속에서 의지할 수 있는 건 이 작은 랜
턴뿐이니까."

차에서 내리자 칠흑 같은 어둠이 한치 앞도 분간할 수
없게 수연의 걸음을 막고 나섰다. 랜턴을 켜고 조심스럽
게 발을 내딛자 저만치 앞에서 조그만 불빛들이 사람들의
흐름을 따라 이리 저리 흔들리고 있었다.

"조금 걸어야 할 거야. 그리 오래는 아니니까 안심해도
좋아."
"……."
"정말인데…."
웃음이 샜다. 그 웃음을 눈치챈 그의 변명에 또 한번 웃
음이 샜다.
"땅을 향해 랜턴을 비추는 게 좋을 거야. 가는 길에도
많은 반딧불을 볼 수 있을 테니까."

성경에 따르면 태초에 땅이 혼돈하고 공허하며 흑암이
깊음 위에 있다고 하였다. 아마도 그 때에 지금과 같은 어

둠이 있지 않았을까 하고 수연은 생각했다. 하지만 그때
와 지금에 틀린 것이 있다면 그것은 소리일 것이다. 시꺼
먼 어둠 속에서 모습을 알 수 없는 새와 곤충들의 지저귐
이 사방을 웃돌고 있었다. 그 소리의 크기는 이 넓은 어둠
의 무게보다 크게 느껴졌다.

"동굴로 가는 길이야…. 우리가 보려 하는 게 거기에 있
거든."
"동굴?"
"그래 맞아. 계곡을 따라 내려가다 보면 동굴이 있어.
너무 어두워서 그게 동굴이라는 것도 알 수 없을 테지만."

오랜 시간에 걸쳐 사람들의 발길이 모아져 만들어졌을
길과 계단을 따라 랜턴 하나에 의지하며 조심스럽게 걸음
을 띄었다. 조그만 불빛이라도 있는 것이 다행이었지만
랜턴에서 나오는 빛이 흔들릴 때마다 사물들이 잠깐잠깐
모습을 드러내자 오히려 보이지 않는 부분들까지 상상 속
에서 공포감을 조성해 왔다. 수연은 그가 옆에서 나란히
걷고 있다는 것이 조금도 도움이 되지 않았다. 그가 걸을

때마다 내는 소리들은 손에 땀을 차게 하고 걸음을 늦게 했다. 어둠 속에 삼켜진 사람들의 소리가 수연으로부터 조금만 멀어지기라도 하면 마음은 점점 더 불안하고 초조해졌다. 수연은 그 어둠 속에서 속히 빠져 나오고 싶었다. 당장 어딘가에 커다란 빛이 있다면 영혼이라도 팔아서 탈출하고 싶었다. 필사적으로 도망치고 싶은 어둠! 수연은 그 어둠이 싫었다. 작든 크든 그 크기와는 상관없이 어둠은 모조리 싫었다. 어린 시절, 엄마, 아빠가 갑자기 바뀌어 버린다 해도 며칠 울고 말았을 만큼 어렸던 시절, 수연은 교통사고로부터 부모를 잃었다. 옆에 엄마가 없으면 잠도 제대로 잘 수 없을 만큼 어린아이였던 수연이 궁전처럼 넓은 외갓집으로 들어갔을 때, 커다란 침대와 책상뿐인 방 안에서 몇 날을 꼬박 새우고 정신과 치료를 받아야 했던 일이 있었다. 그때 수연은 두려움과 우울증으로 치료를 받으면서도 밤이 되면 날마다 어두운 방 안에 혼자 있어야 했다. 그것은 할머니도 할아버지도 그녀만 보면 엄마가 생각났던 지라, 자신들을 추스르기에도 빠듯했던 탓에 수연에게 미쳐 신경 쓸 틈이 없었던 것이 아니다. 부모가 없으니 강해져야 한다는 교육의 댓가! 그 때문에 그녀는 단지 어둠과 친구가 될 수 없었을 뿐이다.

"엄마~~."

나뭇잎이었다. 새가 가지에 앉았다가 떠나면서 떨군 나뭇잎이 얼굴에 닿았던 것뿐이다. 어둠 속에서 지나치게 긴장을 하고 있던 터라 나뭇잎을 쉽게 구별할 수 없었고 그에 따른 비명소리는 주변의 그 어떤 소리도 잠재울 만큼의 크기로 새들을 몽땅 날려보냈다.

"이봐 난 너의 엄마가 아니라구! 숨막혀 죽일 작정이 아니라면 나 좀 풀어 줄래? 아무것도 안 보인다고 이런 곳에서 이러면 곤란 해!"

그의 비아냥거리는 목소리가 머리 바로 위에서 들려 왔다. 수연은 정신을 차리고 자신의 상태를 돌아보았다. 자신이 의지하고 있는 것, 그것은 나무가 아닌 단단하고 포근한 그의 가슴이었다. 게다가 자신이 그를 있는 힘껏 끌어안고 있는 것이 아닌가. 수연은 재빠르게 손을 풀었지만 사정은 달라지지가 않았다. 찰싹 달라붙어 있던 몸이 서서히 기억되자 시간이 지나면 지날수록 온 몸이 빨갛게 달아올랐다.

"손을 이리 줘."

수연은 그의 손을 뿌리치지 못했다. 오븐렌지처럼 충분히 예열되었을 자신의 이마에 닿았던 그의 입술마저도.

* * *

"수연! 난 네가 잘못 된 줄 알았어. 내가 얼마나 걱정하는지 알고 있었던 거야?"

정말로 미쳐 버리거나, 미친 척을 하거나, 미쳤다고 생각해 주었으면 좋겠다고 생각했다. 이 이른 아침의 귀가를 설명해야 하는 것은 밤샘 작업을 하고도 할아버지의 매서운 눈초리에 알 수 없이 주눅이 들어 머뭇거려야 했던 일 만큼이나 복잡하고 어려운 것이다. 더더군다나 지

금의 토리처럼 심문하듯 다그쳐 온다면 더욱이 말문은 터
지질 않을 것이다.

"별 때문이었어. 네가 걱정하고 있다는 것을 미처 생각
하지 못한 건 나의 실수야. 미안해 토리."

더 이상 아무것도 묻지 않는 것은 궁금하지 않다는 뜻이
아니다. 화가 났거나 혹은 섭섭한 마음이 그녀의 입을 닫
아 놓은 것이다. 수연은 아무 말도 하지 않고 뒤돌아서 방
으로 올라가는 그녀의 뒷모습에서 그 마음을 읽을 수가
있었다. 수연은 마음이 몹시 불편했다. 자신의 말을 기억
해 내며 어떤 부분이 실수였는지를 가늠했다.

산에서 내려오는 길이었다. 그 길에서 우리는 별을 만
났다.

"나처럼 누워. 아주 편하게 별을 볼 수 있는 방법이야."

수연은 좀 전에 본 반딧불을 떠올렸다. 무질서한 듯 보

이지만 각자의 자리에서 최고의 빛을 발하던 수조차 헤아릴 수 없는 조그만 점들을. 아름답다고 하기보다는 애처롭다고 할 수밖에 없는 빛들이 모여져서 손을 놓아주지 않던 그를 어렴풋이 비추던 작은 생명체들을 떠올리며 별을 바라보았다. 완전히 두려움이 사라진 그 끝에 동굴이 있었다. 그의 말대로 동굴로 들어섰다는 것을 눈으로는 확인할 수 없었지만 소리로 충분히 직감할 수 있었다. 작은 물방울에도 커다란 소리를 내며 동굴임을 알렸다. 앞서 온 사람들의 웅성거림도 알림을 도왔다. 일본 관광객들 중 한 사람의 실수로 카메라의 후레쉬가 터졌다. 이내 한 무리의 반딧불들이 빛을 잃고 목숨을 잃었다. 사람들의 웅성거림이 커졌다. 누군가 격양된 어조로 속삭였다. 큰 빛은 이들을 죽게 한다고. 수많은 별이 태양의 강한 빛을 이길 수 없듯, 수가 많은 반딧불이라 하더라도 인위적이고 조그만 하나의 후레쉬조차 이겨 낼 수 없었던 것이다.

"나는 저 별들 중에 하나일 뿐이에요."
"스스로를 비하한다고 해서 나아지진 않아."

"태양의 이름을 모르는 사람들은 없어요. 하지만 저 별의 이름을 아는 사람은 아무도 없을 거예요"

"별에도 다른 이름이 있지. 다만 알지 못할 뿐이야."

"그래요."

"태양에도 다른 이름이 있을 거야. 사람들이 알지 못하는."

"태양은 태양일 뿐이에요."

"그럴지도 모르지. 하지만 별들은 알아주지 않는다고 해서 외롭지는 않잖아? 함께 어울려 있으니까. 언제나 혼자인 태양이 외로울 거라고는 생각 안 해?"

"다 아는 듯이 말하는군요. 하지만 틀렸어요. 우주에서 별과 별의 거리만큼 별들도 외롭죠. 어쩌면 하나가 아니라서 더 그런지도 모르구요."

"하나가 아니라서 외롭다? 이상한 논리군! 내가 아는 한 태양은 하나라서 외로운 거야."

" 나의 생각과 당신의 생각이 같을 수는 없어요."

"그런 것 같군."

별과 태양은 같은 곳에 있으면서도 절대로 사람들의 눈

에 함께 모습을 나타내지 않는다. 그것은 불가항력인 것이다. 태양은 유일한 것이고 그 외의 것들은 별이라는 이름으로 조금은 다른 빛을 뿜어낸다 하여도 그저 별일뿐이라고 아주 오랜 옛날부터 규정되어 왔으니까. 작은 반딧불 하나가 살아가는데 전혀 도움이 안 될 생각을 만들어냈고 생각은 고독감을 가져다주었다. 그것이 언제 어디든 별로 중요하지 않은 듯 음흉하고 비열하게.

죽을 듯 숨이 막히고 몸서리쳐지도록 외로운 자신의 초라함과 하찮음을 지나치게 비하해 느끼게 되는 감정들에 속수무책 30년이 넘게 당하고만 있지만 이럴 때는 그 무엇도 도움이 되질 않는다. 사람도, 세계도, 그녀 자신도. 지나치게 망가져 뒷일에 대해 후회를 하는 일조차 삶은 용납을 하지 않을 것이고 매번 겪으면서도 그저 이 기분이 수그러질 때까지 기다리는 것 외엔 달리 방법을 찾지 못했다. 무언가를 느끼면 느낄수록 채워지는 기분보다는 자신이 얼마나 특별해질 수 없는 존재인가를 인식시켰다. 멍청하고 어이없음을, 얄팍하고 깊이 없음을, 아름답지 못하고 예쁘지 조차 않음을, 무엇보다도 절대로 뛰어날 수 없음을 지나치게 인식시켰다.

“태양을 보면 눈을 뜰 수 없었던 이유를 알았어요. 나는 이름 없는 별이었던 거예요.”
“괜찮아. 태양이 당신을 보고 있었을 테니까.”

알 수 없는 그의 대답 끝에 별이 빛나고 있었다. 이 밤 하늘 밑의 수많은 관객들은 서로 다른 곳에서 이름 없는 별들을 바라보며 무슨 생각을 하고 있을까? 수연은 은하수를 만들어 보여주며 쇼를 끝낸 별들 모두가 엷은 빛조차 감당해 내지 못하고 사라진 후까지 천장이 없는 차에 누워 그와 함께 하늘을 올려다보았다.

“미안해 토리. 이 말이 먼저여야 했어.”
“난 듣고 싶어. 너에게 일어난 모든 일들을….”

사실을 알고 싶어하는 토리에게 만남부터 헤어짐까지의 일들을 낱낱이 고해 바쳤다. 그것만이 토리의 기분을 회복시킬 수 있다는 것을 수연은 알고 있었다.
토리는 수연보다 먼저 예영의 친구였다. 어학연수를 받으러 왔던 이곳에서 예영은 토리를 만났고 친구가 되었다.

여행을 하고 싶다던 수연에게 토리를 소개한 건 예영이었다. 토리는 대만계 호주인으로 십여 년 전 호주로 이민을 왔다고 했다. 다수의 국적을 가질 수 있는 대만에서 호주로 이민을 온 것은 토리 부모님의 결정이었지만, 거의가 그렇듯 연로한 분들은 언어와 향수병에 시달렸고 대학에서 박사 과정을 밟고 있던 토리만 수영장과 가든이 딸린 커다란 집에 남겨둔 채 대만과 호주를 넘나들었다. 또 한 번 커다란 집에 남겨진 토리에게 수연이 온다는 소식은 널다리를 거두고 레드카펫을 깔아야 할만한 일이었다. 밖으로는 재즈를 좋아하고 당당하고 총명하며 붙임성과 사교성을 겸비한 최고의 여성이었지만 안으로는 외로움도 정도 과한 평범한 아가씨였다. 그것은 어느 나라 어느 시대의 여성들과 별반 다르지 않았다. 다만 한 가지 차별되는 그 무엇이 그녀에게 있었다. 어떤 순간에도 상대방을 행복하게 만드는 마법과 같은 그녀의 미소가 그것이었다. 토리가 미소를 짓자 수연도 따라 미소를 지었다. 방금 전까지만 해도 머리를 짓누르던 죄책감이 조금씩 누그러들었다.

“그럼 카메라는?”

“호텔에 들렀다가 여기까지 바래다주고 갔어. 받지 말아야 했어. 마음이 좋질 않아.”

“그랬군! 네가 말했던 것만큼 예의 없는 녀석은 아닌 것 같아.”

“어째서?”

“글쎄. 뭐랄까, 나였다면 내게 호감이 있는 거라고 착각했을지도 몰라.”

“훗! 공주병!”

“그건 오해야. 난 병에 걸린 게 아니라구. 난 원래 공주였어!”

“몰라봐서 미안!”

“좋아. 이제 알았으니 프린세스 토리라고 불러 줘.”

“알겠어. 프린세스 토리님!”

“훗, 아주 잘했어! 근데 피곤하진 않아?”

“괜찮아.”

“배는?”

“전혀.”

“그럼 조금 자둬. 그 후에 무얼 할지 결정하자.”

“좋아.”

＊＊＊

‘울지마. 꼬마야.’

‘…….’

‘길을 잃었니?’

‘…….’

‘그런데 왜 우리 집 앞에서 울고 있는 거지?’

‘…….’

‘널 헤치려는 게 아니야 꼬마야. 단지 널 도우려는 거
야.’

꼬마가 고개를 든다.

‘넌….’

흑백 영화처럼 느낌을 돋우는 꿈이었다. 너무나 생생하
고 아찔한 꿈이어서 수연은 잠에서 깬 후에도 눈을 뜨지
못했다.

"괜찮아 수연?"

"꿈을 꿨어."

"꼬마가 뭐야?"

"어린아이…."

"네가 그렇게 말했어."

"꿈이 좋지 않아."

"꿈을 알아?"

"확실히는…. 우리 할머니가 그러셨어. 어린아이가 집 앞에서 울고 있는 그림을 보면서 말이야. 꿈에서 그림과 같은 일이 일어난다면 어려운 일이 일어나고 있음을 알려 주는 거라고 하셨어."

"꿈은 꿈일 뿐이야."

"아니, 잘은 모르겠어. 하지만 울고 있던 아이가 나인 것이 기분을 좋지 않게 해."

"꿈이 너 같은 아이를 헤칠 리 없어."

"토리 넌 날 너무 좋게만 보는 것 같아."

"사람들은 보고 싶은 것만 보게 돼 있으니까."

"나도 그럴 수 있었으면 좋겠어."

"그럴 수 있어."

"아니. 나는 보고 싶지 않은 것들도 보게 돼."

"별일 아니야. 그저 꿈일 뿐이라구. 좋아! 우리 기분도 풀고 배도 채울 겸 촘 싸이드에 가는 게 어때?"

"좋아…."

소리가 났다. 소리가 나는 건 분명 도와달라는 거다. 알 수 없는 무언가가 엄청난 무게로 가슴을 짓누르면 그것은 틈을 비집고 나와 도움을 요청하는 거다. 샤워를 마치고 햇살이 짙은 낮을 밖에 둔 채 창문을 열어 환기를 시킬 때 뜨뜻한 공기와 찬 공기가 만나 엷은 연기를 일으키고 시야를 가리면 한치 앞도 분간할 수 없는 마음에서 조용히 소리가 난다. 축축하게 젖은 머리 아래로 고인 물방울이 눈물처럼 어깨위로 뚝뚝 떨어져 내릴 때 마른 수건으로 다독이듯 닦아줬지만 이내 흥건해져 흘러내리는 물방울을 바라볼 때도 다시 한번 소리가 났다. 소리가 점점 더 크게 주위를 따른다. 이토록 간절하게 무엇을 도와달라는 것인가. 수연은 그 어떤 것도 짐작해 낼 수가 없었다.

"약속은 친구와 먼저였어요."

"그래서 후회하나? 친구를 버리고 나를 따라 나선 건 당신의 선택이었어."

그랬다. 그의 말이 옳았다. 하지만 그의 입에서 내일 이곳을 떠난다고만 하지 않았어도 절대로 토리와의 약속을 지켜냈을 것이다. 애써 선택을 들먹이지 않았어도 충분히 그녀에게 미안한 마음이었지만 상기시키듯 말하는 그가 얄미웠다.

"떠나는 게 맞기는 한 건가요?"
"이젠 의심까지 할 참이군! 하지만 당신이 옳았어. 난 떠나는 게 아니야. 내가 있던 곳으로 돌아가는 것뿐이지."

떠난다는 것은 이별을 뜻한다. 이별이란 다시는 만날 수 없을지도 모르는 것이다. 수연은 이제는 사진 속에서조차도 낯선 부모님을 떠올렸다. ─그들도 돌아간 것일까?─ 이별은 어쩌면 그 쪽에서 먼저였을 지도 모른다. 잠시 이생으로 여행을 왔다가 돌아간 것인지도. 하지만 남겨진 사람들에게는 떠난 것이다. 돌아가는 사람들에게 다시 만날

사람들에 대한 희망이 있다면 남겨진 사람들에겐 돌아올
거라는 믿음이 희망이 되지만 죽음에는 희망은 없는 법이
다. ―내게 당신은 돌아가는 게 아니야. 떠나는 거지.―
그가 죽음을 전제로 떠나는 것은 아니지만 돌아간다는 것
도 수연에게 있어서는 영원한 이별과도 같은 슬픔이었다.
떠났다, 떠났으니, 떠났다 해도 산 사람은 살아야 한다던
외할머니의 넋두리 같던 가르침이 생각을 정리시켰다.

　"당신처럼 아무것도 묻지 않는 사람은 처음이야."

　어제, 아니 정확히 말하자면 오늘 아침과 같은 복장은
아니었다. 하지만 별반 다르지 않은 모자와 선글라스를 쓴
그가 바닷물 속에 낚싯줄을 담가두고 수확을 기다리며 중
얼거렸다. 'red cliff', 빨간 절벽이라는 이름을 가진 비치
에 차를 세우고 트렁크에서 낚싯대를 꺼냈을 때 수연은 처
음으로 이 사람이 궁금해졌다. 세련된 모자나 선글라스와
는 전혀 어울리지 않게 자연을 즐길 줄 아는 사람, 곧 떠
날 사람이면서 그런 날에 낯선 사람을 만날 만큼 외로운
사람이거나 아니면 수준 높은 실력으로 그 마지막 날 밤을

이방인과의 정사로 마무리하고 싶었는지도 몰랐다. 하지만 지금은 아무것도 생각하고 싶지 않았다. 끝도 없이 펼쳐진 찬란하고 드넓은 바다가 수연의 앞에 있었으므로.

"바다의 깊이를 알려면 뛰어 들어야 할텐데, 그건 너무 위험한 일이겠죠?"

"것봐. 당신은 또 다른 얘기를 하고 있잖아."

"혼잣말 아니었어요?"

"혼잣말이 들리는 거 봤어?"

"무엇을 물어야 하죠?"

"당신이 내게 관심을 가질 수 있는 거라면 모두 다."

"그럼 아무것도 질문할 것이 없어요."

"왜지?"

"이미 관심을 갖고 있으니까요."

바람이 분다. 그에게로부터…. 그 바람은 아주 던 데서 불어 온 것일 테고 단지 그에게 먼저 닿았다가 온 것임에도 그로부터 시작된 것처럼 느껴졌다. 수연은 그 바람이 자신의 마음까지 흔들고 있음을 알 수 있었다.

"흔들렸어요. 분명 내 낚싯줄이 흔들렸다구요."

신의 실수 첫 번째. 그것은 각기 다른 사람들의 모습이다. 겉모습보다 마음이 중요한 거라면 남자와 여자만을 구별하고 모두 똑같은 모습으로 만들었어야 했다. 그 후에 발생될 문제를 해결했어야 하고, 사람들에게 같은 모습 속에서 마음만을 보고 선택할 수 있는 능력을 부여했어야 했다. 그러나 신은 시험부터 들게 했다. 마음보다는 외모를 먼저 알아 볼 수 있는 눈을 밖에 두셨고 뒤늦게 알 수 있는 마음을 안으로 감춰 놓았다. 사람들은 혼돈 속에서 방황해야 했고 외모와 마음 중 선택해야 할 중요한 한 가지를 잊고 말았다. 지금의 수연처럼. 그의 외모는 시험 들기에 딱 좋은 모습을 하고 있었다. 적당히 사람을 무안하게 만들 줄 알고, 배려할 줄도 모르며, 단 한마디에도 따뜻함이 묻어 있지 않는 사람에게 호감이 간다는 것은 분명 이상한 일이다. 그럼에도 불구하고 마음이 간다면 그것은 신이 그에게만 각별했다는 뜻이고 덤으로 특별한 외모를 부여받았기 때문일 거라고 생각했다.

“이런! 낚싯대가 쓸모 없게 되어 버렸군!”

수연의 낚싯줄에 걸려들었던 수확물은 생각보다 큰 것이었다. 아주 잠시 모습을 보이고 자신의 능력에 비해 컸던 물고기가 줄을 끊고 도망쳐 버리자 없었던 상실감이 생겼다.

“상심하지 말라구. 처음부터 당신 것이 아니었을지도 모르는 일이잖아?”
“그걸 어떻게 알죠. 내가 기회를 놓친 것일 수도 있잖아요.”
“기회를 놓쳤다는 건 이미 당신 것이 아니라는 걸 뜻하지.”
“간단하네요”
“어차피 놓친 기회야. 후회 나부랭이를 해봤자 상처받는 건 자신이라구. 그렇게 생각하면 치유가 빨라. 배가 고프군! 난 허기를 치유해야겠어.”

물론 인정한다. 하지만 조금 다른 어투로 부드럽게 설

득시키듯 이야기해 주었다면 지금처럼 뽀족하게 굴진 않았을 것이다. 언변술을 발휘하라는 것도 아니고 단지 누구에게나 하듯이 아닌 조금은 각별한 대우를 받고 싶었다. 지금이라면. 여자에게는 위로가 필요한 날이 있으니까. 반드시 어떠한 일이 있어서가 아니라도 그날의 기운이 동서남북으로 갈라져 전쟁을 선포하기라도 하듯 마음이 안절부절못하는 상태에 놓여 있을 수도 있으니까. 아무것도 물어주지 않고 이 순간 함께 있는 그가 조금은 상냥해 주었으면 좋겠다고 생각했다.

"여기에서 바라보는 바다가 제일 아름다워."

가까운 곳에 위치한 씨푸드 음식점에서는 갖가지의 싱싱한 해산물들을 진열해 놓고 소비자가 선택을 하면 그 자리에서 바로 튀겨내 주었다. 그것들을 들고 나와 바닷가에 준비해 놓은 테이블에 앉아 먹었다. 딱 좋은 바람과 햇살, 바닷가에 떠있는 수많은 요트가 엽서에서나 나올 듯한 사진 같았다.

"소송이라도 걸 태세군!"

사진기의 셔터 소리에 고개를 돌렸을 때는 이미 그의 카메라가 바지 주머니 속으로 자취를 감추고 있었다.

"왜 나를 찍었죠?"
"왜 내가 당신을 찍었다고 생각하지?"
"장난치지 말아요."
"간직이라도 하고 싶은 줄 아나? 착각이 너무 심하군!"
"아무것도 남기고 싶지 않아요. 당신은 곧 떠날 거니까…."
"그래서였나? 아무것도 알려고 들지 않은 게?"

수연은 부정도 긍정도 하지 않았다. 곧 떠날 사람에게 자신의 마음을 꺼내 보여 재회의 그날을 기대하고 싶지는 않았기 때문이다. 기대는 외로움을, 외로움은 상실감을 안겨줄 테니까.

사람들은 호주를 이야기할 때 비취를 이야기한다. 하지

만 그것은 틀린 생각이다.

브리즈번의 산.

수연은 돌아가게 되면 산을 먼저 기억하게 되리라고 생각했다. 전체 면적이 우리나라의 몇 배가 되지만 인구는 우리나라의 절반 수준인 호주는 그 넓은 땅을 다 가꾸고 관리 할 수 없었다. 땅이 넓다는 것은 다만 경쟁력이 클 뿐이고 정치적으로는 매우 복잡하며 어디나 혼잡할 거라고 생각했는데 모두가 다 그런 것은 아니었다. 필요한 무관심은 산을 비옥하게 하고 자연을 그대로 보호할 수 있게 한다. 햇살마저도 비옥해 넓은 초원의 풀들이 싱싱해 보였다. 그래서인지 풀을 뜯는 소 떼들 조차도 건강함에 생기가 묻어났다.

어우러짐. 그것은 비슷한 것들끼리여야 가능한 것이다. 산과 초원, 끝없이 펼쳐진 하늘과 구름, 그 아래 유유히 몸을 움직이는 소 떼와 염소들…. 그리고 바람.

"몬트빌에 가면 사고 싶은 게 있었어. 역시 함께 가줄 거지?"

브리즈번의 어느 곳을 간다 해도 새로운 곳이겠지만 그가 이끄는 곳들 모두가 새롭고 낯설지 않아 좋았다. 몬트빌은 골드 코스트에 있는 산의 가장 높은 곳에 위치한 아담한 마을이었다. 그 마을에선 굳이 올려다보지 않아도 사방이 하늘이었고 애써 내려다보아야만 하늘과 다른 그 무엇들을 볼 수 있었다. 하지만 사람들은 다른 어떤 것도 보려하지 않았다. 시내를 가려면 서너 시간을 나가야 하고, 원하는 것들을 제때에 공급받을 수 없는 곳에 살면서도 불편하거나 힘들다는 생각을 하는 사람은 없었다. 그저 있는 그대로에 만족하고 자기 삶을 풍요롭게 하기 위해 애쓰고 있는 모습들이 좋아 보였다. 찻길 양옆으로는 희귀한 물건들을 파는 숍들이 한 줄로 죽 이어져 있었는데 그 중 한 숍으로 그가 들어갔다.

'산타 숍'

이른 입구부터 캐럴송이 흘러 나왔다. 더운 십이월에 듣는 캐럴송이 묘한 느낌을 가져다주었다. 하나같이 크리스마스와 관련된 용품들이었다. 트리와 촛대, 산타 모형, 갖가지의 장식품과 식기들이 아기자기한 형태로 진열되어

가게 안을 가득 메우고 있었다. 그가 집어든 태엽을 감으면 천사들이 움직이고 캐럴송이 흘러나오는 오르골 말고도 정말 예쁜 물건들이 가득했다. 수연은 작은 천사 마을이 들어 있는 스노우 볼 하나를 골랐다. 누군가에게 좋은 선물이 될 거라고 생각하면서.

"내 어머니는 이 오르골을 가장 좋아해. 빈손으로 갈 수 없으니 이거라도 가지고 가면 좋아하시겠지?"

그가 오르골을 바라보며 조용히 웃었다. 그 웃음이 쓸쓸해 보인다고 생각했다. ──어머니가 계시구나.── 어머니를 떠올리며 쓸쓸한 웃음을 짓는 사람에게 어떠한 사연 같은 것이 느껴졌지만 더 이상 궁금해하지 않기로 했다. 누구에게나 어머니라는 이름은 쓸쓸하게 만드는 힘을 가지고 있는 것이니까. 자신에게 어머니에 대해 많은 정보를 들려준 것도 아닌데 가족의 이야기여서 그런지 사뭇 가깝게 느껴졌다. 어느새 하늘빛이 흐려져 있었다. 상점 안으로 들어올 때만해도 햇살이 좋았던 것 같았는데 산이어서 그런지 이르게 밤으로 가고 있었다. 약간의 피곤을 느낀 수연이 시계를 보았다. 밤을 느끼기엔 많이 이른 시간이다.

"피곤해도 참아. 아까 당신은 말했어. 당신이 기회를 놓친 걸 수도 있다고. 지금 나와 함께 가지 않는다면 아다도 당신은 또 한번 스스로 기회를 놓친 게 될 거야."

다시 찾아온다면 그와 함께여야만 올 수 있는 곳이었다. 짧지 않은 시간을 내달리며 많아야 서너 대의 달리는 차량을 보았고 외길도 비포장도로도 지나쳤다. 이런 곳이라면 어떤 일이 벌어진다 해도 아무도 알 수 없을 거라고 생각했다. 하지만 가슴을 열면 찬바람이 훅하고 나올 겻 같은 이 사람과 함께 있으면 마음이 편했다. 알 수 없는 믿음이었다. 아무리 분별력이 있는 사람이라 하더라도 그의 무엇이 믿음을 이끌어 내는 것인지 앞뒤 상황들을 정리해 보아도 답이 나오질 않을 것만 같았다. 차 문을 열자 침묵하던 주위가 파도소리로 채워졌다. 바다였다. 불빛이라곤 하나 없는 이곳에서 바다는 자신을 소리로 알려 주고 있었다.

“파도 소리가 더 좋다면 그렇게 해. 하지만 하늘을 보라구.”

“별이에요.”

“그렇게 감동할 것까진 없어. 당신을 감동시키기 위해 온 것이 아니니까.”

수연의 눈빛이 충만했다. 태어나 그렇게 많은 별을 본 적이 없었다. 어제와는 또 다른 별들의 쇼! 할말을 잃고 서있는 수연을 모래 위에 담요를 깔고 눕혔다. 그리고 그도 따라 누웠다. 각각 자신의 팔을 베고 누워 별들을 바라보았다. 달이 큰 빛을 내는데도 별들은 아랑곳하지 않는 것 같았다.

“별에서 바라보는 나는 아주 작을 거예요. 아니 보이지도 않을 거야. 그러니까 내 생각이나 고민 따위도 나보다 더 작고 보잘것없는 거야. 맞아요. 바로 그거였어요…”

우주는 넓다. 세계도 넓다. 그 세계 속에서 바라보는 우리는 아주 작은 존재. 고로 우리의 고민이나 걱정들은 더

할 나위 없이 작은 존재. 생각이 거기에 미치자 조금 전의 피곤함은 사라지고 새싹이 돋듯 보일랑 말랑한 자신감이 불쑥 고개를 내밀었다.

"데리고 와 줘서 고마워요."

"데리고 온 게 아니야. 내가 따라 왔을 뿐이지…."

"무슨 말인지 모르겠어요."

"당신을 보기 위해 온 거야. 무슨 말을 해도 모르겠지만."

"그래요. 난 당신의 말들은 하나도 알아듣지 못하는 것 같아요."

"이곳에 오지 않았다면 당신과 함께 있을 수 없었어."

"점점 더 모르겠군요."

"당신이 좋아져 버렸어.

하지만 난 이 말에 책임을 질 수 없을 거야. 당신의 말대로 난 떠나야 하고 지금 당신을 가진다 해도 변하는 건 없어."

수연의 입술이 조용히 그의 입술에 닿았다. 그의 입술이 수연의 입술을 받아 들였다. 수많은 별들이 지켜보고 있었지만 정작 작은 그들을 볼 수 없을 거라고 생각했다.

* * *

알 수 없는 하늘이다. 하루 종일 소리까지 내며 비가 오는 것 같았는데 별까지 띄워 놓은 하늘이 이해가 안됐다. 젖은 뒤뜰이 보인다. 별까지 띄워 놓은 걸 보면 비가 그친 지도 한참인 것 같은데 아직 채 닦아내지 못한 모양이다. 비로 인해 떨어진 레몬나무의 잎들이 서로 엉겨붙어 싸움판이라도 벌였었는지 땀 냄새 같은 신둥내가 바람에 실려 왔다. 때를 기다린 박쥐 한 마리가 에스프리의 하늘 위를 난다.

카이.

아무리 다른 곳으로 생각을 옮겨 놓으려 해도 쉬이 따라오질 않는다. 이제는 이곳에 없을 사람이면서 다시는 만나지 못할 사람. 그를 다시는 볼 수 없을 거라고 생각을 하니, 배가 시작되는 곳으로부터 전율 같은 것이 차례차레 치고 올라와 가슴을 훑고 목을 메이게 한 후 눈물기 되어 흘러 나왔다. 이런 마음이었는지는 몰랐다. 단지 떠난다는 말의 사전적 의미 때문인지도 모른다고 생각했지만 분명 그것은 아니다. 그가…, 자꾸…, 기억 속에서 나를 찾는다.

“수연?”

“토리.”

“잘 잤어?”

“응.”

“무슨 낮잠을 밤잠처럼 자니?”

“미안.”

“그런 게 아니야. 아침에 들어와서는 아무 말도 없이 잠만 자길래. 어디 아픈가 하고….”

“아니 괜찮아. 조금 피곤했을 뿐이야.”

“춥지 않아? 이 한 밤중에 가든에 앉아서 무슨 생각을 그렇게 하고 있는 거니. 여러 번을 불렀는데도 모를 만큼.”

“아무 것도.”

"아무 것도? 그 사람 생각하고 있었던 거지?"

"아니."

"아니긴…. 아니면서 얼굴은 왜 빨개지는 건데?"

"놀리지마 토리!"

"쿡! 알겠어. 참! 그 사람이름이 뭐랬지?"

"카이…."

"그럼 그 사람에 대해 아는 거라고는 이름뿐인 거야?"

"아니."

"그럼 또 뭐가 있어?"

"연락처…."

"전화번호 같은 거?"

"응."

"그 사람 어디 사는데?"

"몰라."

"전화번호를 보면 알 거 아냐. 봐봐. 어딨어?"

"방에…."

토리가 수연을 잡아끌었다. 조금 더 상쾌한 밤의 공기를 취하도록 마시고 싶었지만 토리의 궁금증을 당해내지 못했다.

“팔팔육? 이건 대만 번호야.”

“대만?”

“응. 그 사람 대만사람이었어?”

“모르겠어. 물어보지 않았어.”

“바보! 며칠 동안 붙어 다니면서 어디서 왔는지도 안 물었던 거야?”

“그러게….”

“이상하네. 우리나라 남자들 그렇게 적극적이지 않거든. 폼만 잡고 말야.”

“니 말이 맞아. 폼만 잡았어.”

“쿡~.”

“훗~.”

“그 사람 잘 생겼어?”

“조금.”

“것도 이상해. 우리나라 남자들 잘생기기 쉽지 않거든!”

“훗!”

“좋아! 내일쯤 연락해 보면 모든 게 확실해 지겠지.”

"연락하지 않을 거야."

"뭐라구?"

"떠난 사람이잖아."

"연락처를 줬잖아. 그건 연락하라는 뜻이고….'

"다른 나라 사람이잖아. 언제고 만나면 다시 떠나야 할 거야. 그때보단 지금이 나아."

"수연! 그럼 지금처럼 기억만 하고 있을 거야?"

"아니. 기억할 것도 없는 걸. 단 이틀, 이름, 연락처. 그것만 지우면 돼."

그날 밤, 토리가 방으로 돌아간 후, 단호하게 지울 거라던 말과는 달리 다이어리에 붙어 있던 세계지도 속에서 대만을 찾았다. 호주와는 상당한 거리였지만 한국을 찾아보니 조그만 지도 속에선 매우 가까운 거리였다. 아주 작은 나라 대만. 왠지 그 안에서 그를 찾기란 어렵지 않아 보였다. 찾을 것도 아니고 찾아갈 것도 아니면서 생각만으로 안심이 되었다. **—이건 또 무슨 느낌일까.—** 그가 돌아가고 처음 이삼일은 견딜만했다. 이른 아침 잔디 깎는 소리와 목청 좋은 새들을 제외한다면. 공원이 많고 숲이

많다는 것은 좋은 공기와 휴식처를 제공하지만 그 안에서
며칠만 들으면 재미없을 새들의 소리는 하루가 갈수록 잡
음처럼 느껴졌다. 게다가 일주일에 한 번, 새벽 여섯시만
되면 온 동네를 깨우는 잔디 깎는 소리는 할머니의 잔소
리보다도 싫었다. 그 모든 것이 돌아가기 위한 핑계거리
에 불과하다는 것을 알지만 그가 떠나고 없는 브리즈번은
바람도, 하늘도, 산도, 그녀에게 아무런 느낌을 주지 못
했다.

"돌아가야겠어. 토리."

토리는 한참을 말이 없었다. 순식간에 모든 것을 정리하
고 떠나려는 수연이 벌써부터 돌아간 사람처럼 그리웠다.
한 동안을 동고동락하면서 정이 들대로 들었던 토리는 남
겨질 자신에 대해서 조금도 생각하지 않는 것 같아 서운
했다. 배웅을 바랐던 것은 아니었지만 공항까지 바래다주
겠다던 토리가 운전을 하며 아무 말도 없자 수연은 미안
한 마음이 들었다.

“골드 스카이야. 토리.”

단 한번도 본 적이 없는 하늘이었다. 이곳에 와서 이런 이른 시각에 깨어 있었던 일도 없거니와 신화 속에나 나오는 하늘이 실제로 존재한다고는 생각하지 못했다. 아무도 모르는 사이 하늘 문이 열리고 천사들이 내려 올 때나 아주 잠시잠깐 존재한다는 금빛 하늘이 눈앞에 펼쳐지고 있었다.

“잊지 못할 거야. 토리.”

커다란 토리의 눈에서 금방이라도 눈물이 쏟아질 것만 같았다.

“다시 만날 수 있을까?”
“여행을 떠났다고 생각해 줘. 언제고 널 만나기 위해 돌아 올 거야.”
“정말?”
“물론이야.”

"내가 더 많이 널 그리워 할 거야. 너는 떠나는 거고 나
는 남는 거니까."

단 한번도 누구에게 있어 떠나는 사람이 될 수 있다고는
생각하지 못했다. 모든 사람들이 자신을 떠났고, 떠날 거
라고만 생각했는데 입장이 바뀌어 지자 떠나는 사람의 마
음을 조금은 이해할 수 있을 것만 같았다.

"난 매일 널 기억하게 될 거야. 이미 넌 나에게 없는 사
람이 아니니까."

토리의 기분이 조금은 풀린 것 같아 다행이라고 생각했
다. 수연은 이런저런 이야기들을 나누며 공항에 도착하기
까지 많은 것들을 눈에 넣었다. 마음이 급했다. 두 달이라
는 시간동안 눈에 넣었던 모든 것들이 순간 하나도 기억
이 나질 않았다. 배가 부르게 저녁을 먹고 산책을 하던 에
스프리의 거리도, 한 낮, 더위를 이기기 위해 뛰어들었던
커다란 풀장도, 그 자리에서 한 봉지를 고스란히 티워내
던 맛 좋은 팀템도 기억 안에서 영상만 삭제되어 버린 것

같았다.

"토리. 내가 브리즈번을 제대로 기억할 수 있을까?"

"물론."

"지금은 아무것도 생각이 나질 않아."

"그건 네 마음이 불안하다는 증거야."

"불안?"

"그래. 네가 기억하지 못해서가 아니라 이곳이 널 기억
하지 못할까봐 두려운 거야."

진한 포옹을 마지막으로 씩씩하게 손을 흔들며 토리가
돌아갔다. 수연은 비행기에 몸을 실으며 그녀의 말을 다
시 들추어 생각했다. 떠나는 사람의 두려움과 남은 사람
의 두려움. 서로를 기억하면서도 다시는 만나지 못하게
되리라는 불안감은 같은 것인 지도 몰랐다. 여행은 언제
나 끝까지 최선을 다해 무언가를 가르치고 있었다. 어느
새 창 밖 아래로 브리즈번이 보인다. 그리고 카이가 보인
다. 그가 그곳에 있는 것도 아닌데 자꾸 두고 가는 것처럼
가슴이 아렸다. ─눈이 내리는 걸 보고 떠났었는데 서울

의 하늘은 지금 어떨까? ─

남은 시간 25분.

스크린으로 한국 도착시간을 알려 주었다.

2

"수연아! 윤수연!"

"어…! 예영아."

"도대체 무슨 생각을 그렇게 해? 넋이 나간 사람처럼!"

"아니, 아무것도."

"아니? 얘가. 아니긴 맨날 뭐가 아니라는 거야. 너 얼굴
까지 빨개."

"괜찮아. 예영아 나 잠시만 나갔다 올께."

"어딜?"

"바람 좀 쐬려구."

"같이 가줄까? 괜찮겠어?"

"응 정말 괜찮아…."

이 세상에 발을 붙인 건 처음부터 내 의지는 아니었다. 선택도 못한 채로 태어나게 했으면 적어도 살게는 해줘야 맞는 거다. 덜렁 세상에 내던져 놓고는 무작정 살아내라 하는 건 횡포라 해도 못할 말은 아니다. 나를 제외하고 이미 모든 걸 다 정해버렸으면서 희망은 뭐하러 가지게 했는가. 아무것도 모르고서 희망이라는 것을 꿈처럼 품어버렸던 내가 세상을 향해 대들지도 못하리란 것조차 알고 있음이 분하고 억울했다. ─나에게도 **상처 날 가슴이라는 게 있다구!**─ 그 가슴이 아무런 움직임 없이 오랜 시간을 버려진 채였어도 분명 나에게는 가슴이란 것이 있다. 찬 가슴에 자꾸자꾸 뜨거운 물을 들이부어도 결국엔 식는다는 것인가. 식은 가슴이라도 자국이 남는다는 것을 모른다는 것인가. 그 자국이 문득 문득 쑤시고 저린다는 것도 모른다고 할 참인가. 서러운 맘, 더러는 억울한 맘. 그 맘에서 상처도 나고 고름도 곪는다. 내 가슴이 딱한 것이야 내 감정이지만, 적어도 태어나게 했으면 슬픔 정도는 함께 아파 해줘야 맞는 것이다.

그 사람은 나에게 있어 해를 펴고 달을 지게 하는 사람이었다. 꿈속에서라도 만나면 당황하지 않았고 언젠가는 꿈보다 쉽게 만날 수도 있는 사람이라고 생각했었다. 우리가 실수 같은 인연으로 만났을 때처럼.

하루하루 살아가고 있는 것이 아니라 이를 악물고 살아내면서 딱 견딜 수 있는 한계를 벗어나지 않으려는 기적 같은 그리움을 참고 참아냈어도 노력조차 공허하게 원하는 건 채워지는 것이 아니라고 충고할 모양이다. 그래도 거기서 끝을 내줬어야 했다. 아무리 제 운명을 무시하고 나대는 내가 어처구니없었더라도 거기까지가 딱 모양새도 좋았다. 어차피 키우다 말았을 그리움을 끝까지 물고 늘어져서는 바닥까지 닿는 나를 정녕 보고 말 작정인가. 돌아나갈 출입구조차 막아 놓고는 내가 어떻게 할지 재미 삼아 지켜보기라도 하겠다는 것인가. —날 똑바로 쳐다봐.— 운명이 시선을 피해 비웃었다. 달았던 바람조차도 어느새 매서운 추위로 얼굴을 바꿔 손톱마저 꽁꽁 얼어붙게 만들어 바삭하는 소리를 내며 깨져 버릴 것만 같았다. 세상 그 무엇도 내 편에 서는 일이란 없을 거라는 듯 나를 조롱하는 것만 같았다. 아주 익숙하지만 이번 것은 매우 서러웠다.

지는 것 말고는 기다릴 것이 없는 여자가 인생의 반을 산 여자가, 이제와 꽃을 피우려 했으니 마른 땅에 피는 꽃이 오죽할까마는, 어찌되었거나 꽃이 시드는 것을 바라보는 건 여자로서 서러운 일인 것이다.

'난 네가 원하는 대로 조용히 살아왔어.'
'누가 원했대?'

갑자기 사람들이 내게 수많은 질문을 내던진 것처럼 답을 모르는 내가 허둥대고 있었다. 멀미가 났다. 숨이 막혀왔다. 분하고 억울해서 진정이 되질 않았다. 사람들이 나를 향해 손가락질하는 것만 같다. 이런 나를 돌볼 사람이 나 뿐이라는 게 또한 서러웠다.

***

"라면 주세요."
"또 라면? 맨 날 위염 땜에 고생이면서?"
"응."

"그렇게 라면이 좋니?"

"아니."

"아냐? 그러면서 왜 맨날 라면 타령~."

"그러게."

"니 속을 내가 어찌 알겠냐! 뭔진 모르지만 먹어라 먹어. 위 좀 빵꾸나면 뭐 어때서. 다 자기 좋아서 먹는 거겠지."

"나 빵꾸나면 수발 들어줄래?"

"퍽도 좋겠다. 이제 나한테 니 병 수발까지 들라구? 내가 미리 말해두겠는데 너 병들면 그냥 내다 버릴 거니까 아예 꿈도 꾸지 마셔…."

"아~ 맛없다!"

"얘 좀 봐! 그런 얼굴을 하고 맛없다면 누가 믿겠니!"

"예영아, 난 라면 먹으면 알 수 있겠던데. 내가 얼마나 별 볼일 없는 사람인지, 내가 얼마나 아무것도 아닌 사람인지. 가끔 먹는 사람들은 좋아서 먹지만, 나처럼 자주 먹는 사람들은 삶이 그래."

"그런 거면 먹지 마. 보기 싫어!"

"왜 나는 늘 이 모양이지…."

"우리가 어디가 어때서?"

"우리말고 나."

"너는 너고, 나는 나다?"

"훗."

"부모 없는 거? 그게 어디 우리 잘못 이니? 어려선 몰랐다고 치자! 그래서 당했어. 당하면서도 당연하다고 생각했어. 부모 없는 게 죄인지 알았던 게 바보지. 지금도 그 생각만 하면 병신 같아서 치가 떨려. 하지만 이젠 알아. 그때처럼 어리지도 않아. 두려울 것도 없어."

그랬다. 가만있어도 죄가 될 수 있었던 시절이 우리에게 있었다. 공부를 잘하면 잘하는 대로 못하면 못하는 대로. 말 한마디가 가정교육의 문제로 대두되고, 스승의 날엔 눈길 한번 제대로 받지 못하던 찬란했던 한 때. 실수가 배가되고 그래서 아픔보단 수치심이 더 컸던 암울했던 그때에 예영과 나는 같은 이유로 친구가 되었다. 때리면 때리는 대로 맞고, 뺏으면 뺏기고, 놀리면 울던 나와는 다른 예영에게 받은 위로가 깊어도 모자랄 만큼 컸다. 거울 속에 자신을 보듯 보듬어 주고 울 새도 없이 나보다 더 크게 화를 내주던 그녀가 있어 용케 졸업도 할 수 있었다. 쌍이 아니면 안 되는 것처럼 늘 붙어 다녔고 어쩌면 그래서 서로가 제대로 된 연애 한번 없었는지도 모른다. 보는 것만으로도 빛나던 예영에게 남자가 없었다는 것은 그 누구도 믿지 않을 일이다. 하지만 사실이 그랬다. 요즘 인터넷을 떠돌고 있는 '밝힘증 한예영'은 전부 다 거짓이다. 말로만 관심이지 정작 그녀에게 남자는 사랑하기 위한 존재가 아니라 파괴해야 할 대상이었다. 사랑이라는 가면을 씌워 자신의 여자를 매질로 골병들어 죽게 만들고, 어린 예영이만 남긴 채 강물에 뛰어 들었던 예영의 아버지 또한 남자였으므로. 세상에서 가장 증오하는 남자였으므로.

"그만 먹어. 그게 먹히니?"
"넌 자꾸 마르는데 그렇게 안 먹어서 어째."
"딴 소리는. 나 작품 들어가기 전에 좀 더 빼야 돼…."
"여기서?"
"그럼 어디서?"
"훗."
"수연아! 너한테 무슨 일 생기면 내가 먼저인 거 잊지 않았지?"

"훗. 네가 무슨 휴지통이라도 돼? 어떻게 매번 너한테 쏟아."

"놀구 있네…. 언제 시원스레 쏟기나 했으면!"

"쿡."

"근데 너 요즘 좀 수상한 거 아니?"

"뭐가?"

"그럴 땐 '어' 하고 대답해야 맞는 거 아니니?

"그랬나!"

"나한테 못할 말이라도 생긴 거 아냐?"

"그런 게 어딨어."

"그럼 뭐야! 그날은 왜 그냥 간 건데? 사람들이 얼마나 걱정했다구."

"나 사람 많으면 멀미내잖아."

"멀미났어?"

"응."

"넌 왜 그렇게 사람들이 싫은 건데!"

"치잖아. 자꾸 친데 또 치잖아."

***

　지난 주 방송으로 몰려든 사람들이 숨막힐 듯 조용하던 산 속의 한 폐교를 제 집 드나들 듯 하루가 멀다 찾아오는 통에 아수라장이 된지도 벌써 여러 날이 지났다. 여영과 장쉬에는 진짜 연인인 듯 가까워 졌고 인터넷에선 벌써 그들의 열애설을 들먹거렸다. 그럴수록 드라마의 시청률은 하늘을 치솟았고 장쉬에와 예영을 보려는 사람들 때문에 여러 번 촬영을 접어야 하는 곤욕을 치른 적도 있었다. 취재진들 또한 엄청난 수에 달했다. 우리나라에서뿐만 아니라 중국, 홍콩, 대만, 일본에서까지 관심을 갖고 있던 터라 인터뷰가 금지된 촬영장에서의 스케치만으로도 언론을 움직일 수 있었기에 사다리 차까지 동원하는 열의를 보였다.

　수연은 오늘 촬영 분에 물레성형 씬이 있다는 것을 대본을 통해 알고 있었다. 가져온 도토(陶土)를 물레 위에 얹어 놓고 적당한 크기로 잘라 기물을 만들어 놓으면 예영은 자신이 만드는 것처럼 연기를 해 보일 것이다. 학교 입구부터 관계자 외 출입을 막아 놓은 상태여서 사람들을 헤치고 운동장에 차를 대는 것만도 한참의 시간이 걸렸다. 차의 트렁크를 열고 도토와 다음 촬영 분에 쓰여 질 무광택 유약과 완성된 질그릇 몇 가지를 꺼냈다.

촬영은 이미 진행되고 있었다. 수연이 차를 댄 운동장의 반대편에서 예영과 장쉬에의 모습이 보였다. 예영이 탄 그네를 다정하게 밀어주는 장쉬에의 모습은 전에 알던 카이의 모습은 아니다. 단지 메이컵과 그가 입고 있는 옷의 스타일을 말하는 것이 아니라 표정 하나가 행동 하나가 전에 것과는 사뭇 달랐다. 수연은 시선을 돌렸다. 더 이상 기억 속의 자신만의 카이가 아니므로.

어젯밤, 수연은 처음으로 용기를 내어 인터넷 검색 창에 그의 이름을 적어 넣었다. 세상 모두가 다 아는 그를 자신만 모르고 있었다. 한중합작 드라마에 대한 최근의 기사로부터 시작된 그에 대한 정보들은 수십 페이지에 달했고 한국의 팬클럽 수만 해도 여남은 개가 넘었다. 그와 가까이 있기 위해 대만으로 유학을 떠난 팬이 있는가하면 아

예 이민까지 불사한 팬도 있었다. 그런 팬들은 현지에서
올라오는 따끈한 소식들을 번역해 인터넷에 올려 주었고
한국의 또 다른 팬들은 이러한 소식에 감사함을 알렸다.
마치 그에게 미친 사람들처럼 그에 관한 것들은 하나도
놓치지 않고 그곳에 열거해 놓고 있었다. 각종 이미지들
과 음반, 뮤직 비디오, 대만에서 찍었던 수많은 드라마의
영상물까지 그에 대한 것은 끝이 없었다. 어린 시절의 모
습이나 콘서트에서 찍힌 사진들, 사적으로 음식을 먹거나,
친구를 만나고 있는 모습까지 파파라치에게 찍혀 팬들의
눈과 입을 즐겁게 했다. 또한 그녀의 마음 따윈 특별한 것
이 아니라 누구나가 다 느끼고 원하고 있는 것임을 입증
해 보여주듯 연인의 변천사까지 꼬집어 주는 센스를 발휘
해 주고 있었다. 그를 사랑했지만 거절을 당했다는 대만
배우 누구라든지, 호텔에서 다정히 걸어 나오는 모습이
목격되었다는 알만한 집안의 딸인 누구라든지, 잠시 만나
는 것 같더니 헤어진 것 같더라는 또 다른 누구, 여자관계
가 복잡한데도 십년을 넘게 사귀고 있는 현재의 연인 양
선까지 완벽한 계보가 그 안에 있었다. 그 누구라도 한 시
간의 시간만 내어 준다면 그에 관한 모두를 완벽하게 소

화할 수 있을 정도였다. 현재 그의 연인은 홍콩 최고의 모델이라고 했다. 그와 다정하게 팔짱을 끼고 찍거나 볼에 입술을 맞추고 찍은 사진들에서 수연은 자신의 존재가 사라지는 느낌을 받았다. 사람이라기보다는 여신에 가까운 양선의 모습에선 아마 그 누구라도 그랬을 것이다. 질투나 부러움 따위가 아니었다. 단지 그를 마음에 담은 수많은 팬들이 느꼈을 존재의 상실감에 대해 말하고 있는 것이다.

해가 오르는 줄도 모르던 탐색은 그렇게 상실감으로 막을 내렸다. 나이 서른에 밤을 새워가며 연예인의 뒷조사를 한 뒤끝은 그다지 좋지 못했다. 그를 검색하느라 몇 개나 되는 팬클럽에 가입을 해야 했고, 오늘 일정에 차질을 빚을 만큼 피곤했다. 게다가 속이 후련할 줄 알았던 궁금증은 오히려 절망감으로 변해 답답한 마음이 가슴에 채워졌다. 수연은 이른 아침 컴퓨터를 끄고 거울 속의 자신을 바라보았다. 보기에도 걱정할 만큼 나이가 들어 보였다.
―어리석은 짓을 했어.―

"짐이 많네요? 제가 들어 드릴게요."

"고마워요 영식씨."

"아주 난리예요 난리. 감독님이 경호원들을 더 늘리셨어요. 도저히 안되겠단 거죠. 덕분에 예영씨 인기가 쭉쭉 올라가서 좋긴 하지만, 갈수록 태산이에요 태산."

"훗."

"그래도 그렇지 오늘은 해도 너무 했어요."

"무슨 일 있었어요?"

"모르세요? 오늘 아침에 촬영장이 발칵 뒤집혔었잖아요."

"네?"

"진짜 모르시나보네. 오늘 아침에 장쉬에씨를 보러 온 여학생들이 학교 뒤 산을 넘어 들어왔었잖아요 글세. 왔으면 보고나 갈 일이지 나무꾼도 아니면서 옷은 왜 훔쳐 갔데요! 암튼 요즘 애들 너무 극성이라니까요."

"옷을요?"

"예. 장쉬에씨가 입고 왔던 옷을 훔쳐 갔나봐요. 다행히 중요한 건 없었나보더라구요. 근데 무슨 수첩인가가 안주머니에 들어있었대요. 장쉬에씨가 어찌나 화를 나던지,

성질 좀 있대요. 흐흐…. 그래서 지금 장쉬에씨 기분이 완전 꽝이에요. 장쉬에씨 매니저도 말 한마디 못 붙이고 저러고 있잖아요. 보는 내가 다 조마조마하다니까요.”

“그랬군요.”

“감독님도 절절매는 상황이라서 우리 예영씨만 고달픈 거죠 뭐. 그 불똥이 나한테 튈까봐 지금 도망 다니고 있는 중이에요. 그래도 장쉬에씨가 프로는 프로대요. 꽤나 아끼던 수첩이었던가 봐요. 그렇게 화를 내는 거 보면. 그래도 딱 슛이 들어가니까 저러고 웃으면서 연기하는 거 보니까 스타는 스타다 싶더라구요. 나 같았으면 확 제껴 버리고 돌아갔을 거 같은데. 그런 걸 보면 별로 중요한 게 아닌가 싶기도 하고….”

말을 마친 영식의 걸음이 빨랐다. 수연은 한 가득 짐을 들고서 뒤를 따랐다. 그에게 중요한 것이란 무엇이 있을까. 그에게 중요한 것이 되고 싶어하는 사람들은 또 얼마나 많을까. 얼마나 많은 중요한 것들을 무찌르고 가야만 그에게 닿을 수 있을까. 그를 원하는 사람들은 그의 무언가가 되기 위해 끊임없이 노력했다. 날마다 촬영장에 찾아와 응원을 하고, 열 일을 재치고 그가 가는 곳이라면 어디든 따랐다. 가까이에 있으면서도 아무것도 하지 않는 자신이 부끄러울 만큼 열렬히. 옳은 일은 아니었지만 그의 옷을 훔쳐간 그녀들의 용기에 오히려 박수를 보내고 싶었다.

"여기에 놓아주세요. 고마워요."

바람이 일자 냄새가 피어올랐다. 돌아가는 물레 위의 도토 속에서 절망의 냄새가 바람과 함께 날았다. 생각하면 생각할수록 존재마저 바람에 녹아 내려서 사라져 버릴 것만 같았다. 특별하지 않은 사람이 특별한 사람을 바라보면 가슴마저 텅 비어 버리는 것일까. 불려 나온 생각들이 기물 형성이라는 충격 요법에도 아랑곳하지 않고 날개를 폈다.

"윤수연! 가려구?"
"응."
"안 돼! 하감독이 너 붙잡아 두랬어."

“무슨 일 있어?”

“회식.”

“일이 있어서 먼저 간다고 전해 줘 예영아.”

“그런 말 마. 너 도망갈 걸 아셨는지 바지가랑이라도 붙
잡으라더라.”

“다음에.”

“다음은 무슨! 괜히 말나지 말구 어지간하면 참석해. 너
한 식구된 후로 밥 한번 같이 안 먹고 요리조리 피한다고
섭섭해들 하잖아. 짜증스러워도 한번이니까 참어!”

고기 굽는 냄새가 밤의 공기를 오염시키고 있었다. 운동
장 안을 가득 메운 연기들마저 하늘에 촘촘히 박힌 별들
의 시야를 가렸다. 수연은 그곳에서 떠나 오염되지 않은
공기들 속에서 별을 바라보고 싶었다.

“멀미나?”

“괜찮아.”

“그럼 좀 먹어. 여자애가 까칠해서는.”

“별이 많아.”

"늘 딴소리지. 그러게. 시골이라 그런지 별이 많네. 그
나저나 쉬에씬 보면 볼수록 근사해 보이지 않니?"

"응."

"어머 애 좀 봐! 너, 너무 순순히 수긍한다."

"내가 언제."

"하하하하. 농담이야 농담. 기집애 소심해서는 얼굴까
지 빨개질 건 또 뭐니! 암튼 저만한 사람이 없는 거 같애.
딱 찍었어! 내 연인이 될 사람이니까 너두 관심을 끄도
록!"

"……."

"낼모레쯤 데이트 신청하려구. 그날 우리 쉬잖니. 감독
님 어머님 칠순이시란다. 계획 좀 확실하게 잡아야 하는
데 나 좀 도와주라. 생각나는 게 하나도 없어."

예영이 내려준 처방전이 제대로 먹힐 모양이었다. 가슴
이 욱신욱신 쑤시고 아린 게 도저히 앉아 있기에도 버거
웠다.

"예영아, 나 그만 가볼게."

“갑자기 왜에?”

“멀미가 나. 미안해.”

“수연아! 야! 윤수연!”

처방전을 싸들고 차를 향해 도망치듯 걸었다. 아무도 따라오는 사람이 없었지만 누군가 자신의 병을 눈치챌 새라 잔뜩 겁을 집어먹고 있었다. 전염성은 전혀 없지만 상당히 위독한 상태였다.

“또 도망인가?”

아무에게도 들키지 않을 수 있었다. 그가 수연의 차를 막고 서있지 않았더라면. 하지만 정작 들키고 싶지 않은 장본인에게 제대로 걸린 셈이었다.

“누구에게서지? 혹시 난가?”

“비켜요.”

“싫다면?”

“비켜줘요. 제발!”

“역시 아무것도 묻지 않는 군. 대단해 윤수연 선생.”

“비켜요. 비키란 말이야!”

“뭘 두려워하지?”

“아무것도 두려워하지 않아요.”

“적어도 솔직하다고 생각했는데, 것도 아닌가 보군!”

“난 지금 돌아가고 싶어요.”

“어디로? 브리즈번?”

“장난치지 말아요.”

“왜 연락하지 않았지?”

“말하고 싶지 않아요.”

“혼자 맘대로 상상을 한 모양이군. 지금 당신의 말투처럼.”

“가게 해줘요.”

“한번쯤은 물어주면 안 되나?”

“아무것도 알고 싶지 않아.”

“무섭군. 나에게 화가 난 것처럼 보여.”

“당신의 이름이 ‘카이’가 맞긴 한가요?”

“그거였군. 난 거짓말을 하지 않았어. 거짓말을 한 건 당신이라구.”

“내가?”

“당신의 눈빛이 진실이라고 생각했어.”

“무슨 뜻이죠?”

“눈치까지 없군.”

“알아듣게 얘기해 줘요.”

“우리가 함께 있을 때 당신의 눈빛을 말하고 있는 거야.”

“그게 무슨 상관이죠?”

“거짓이 아니었다면 왜 연락하지 않았지?”

“말하고 싶지 않다고 했어요.”

“대답해!”

“날 그냥 놔둬요.”

“그럴 순 없어.”

“왜죠?”

“당신은 바보니까.”

* * *

물레 성형을 마친 기물들이 충분한 건조 후에 일렬로 서서 소성을 기다렸다. 초벌구이를 위해 가마에 불을 놓았지만 온도가 내려가지 않자 고스란히 앉아 시간을 버려야 했다. 적당한 소결 온도가 맞춰진 후에야 비로소 제대로 된 소성을 할 수 있는 것이므로.

기물 하나를 만들어 내고 굽는 데에도 순서가 있듯 세상에도 순서라는 것이 존재하는 것이다. 그 순서라는 것들이 뒤엉키기 시작하면 제대로 된 결실은 기대할 수도 없다. 우리는 만남부터가 엉켜 있었다. 서로에 대해 조금만 확실히 알고 있었더라도 달라질 수 있는 문제였다. 차라리 그랬더라면 그를 가슴 안에 들여놓는 일은 장난으로라도 절대 하지 않았을 것이다. 그래도 되는 사람인줄로만 알았다. 혼자 가슴 안에 두고 생각하는 것 정도는 호기심으로라도 괜찮은 줄로만 알았다. 아무도 모르는 사람을 비밀스럽게 감추어 두고 흘짝흘짝 꺼내 기억하고 싶을 뿐이었다. 그 정도는 죄에 해당하지 않는 것이리라 믿었다. 그러나 몰래 가슴에 품는 것조차 허락되지 않는 사람이라는 것을 어떻게 짐작이나 할 수 있었을까. 안에서 나는 소리들도 무시하고, 꿈의 우려조차 무시한 건 다만 실수였다. 실수는 용서를 받을 수는 있지만 되돌릴 수는 없는 것이다. 세상이 주는 표지를 몰랐다고 해서 시간을 되돌려 주지 않는 것은 이미 알고 있는 일이 아닌가.

　수연은 어제의 그의 말들을 기억해내고 머리를 뒤흔들었다. 말이라고 해서 다 말이 되는 것은 아니다. 말이란 상대방이 얼마만큼 이해하느냐에 달려 있는 것이지 얼마나 많은 단어를 알고 있느냐의 문제가 아닌 것이다. 수연은 그의 말을 하나도 알아들 수가 없다. 수많은 단어들로 괴롭힘을 당하고 있는 것이 아님에도 도통 이해할 수가 없었다. 생각해내고 되 내이고 곱씹고 몇 번을 기억해 내 보아도 더욱더 명확해지지가 않았다. 말들 하나하나의 깊이를 소화해 낼 수도 없었다. 무엇보다도 돌돌 말려 있는 언어들을 풀어 헤쳐야 하는 일은 수연에게 있어 그리 쉬운 일이 아니었다. 누군가와의 대화보다는 자신과의 대화에 익숙해 있던 탓에 계속해서 자신만의 생각으로 해석을 하기 때문이다. 수연은 갑갑함을 느꼈다. 머리 속을 맴도는 '왜' 라는 단어를 그에게 던지고 나면 오히려 통쾌한 명답이 나올지도 몰랐다. 하지만 두려웠다. 단 한번뿐인 기회를 써 없애고 나면 아무것도 아닌 사람이 될까봐서 그게 겁이 났다. 어쩌면 그에게 특별한 사람이었길 바라고 있었던 것일까. 아무런 바람도 없이 기억에 있어주는 것으로만 살 수 있다고 생각한 것이 아니었냐고 묻는다 해도 달리 둘러댈 말이 없지만 바람이 있었대도 그건 상상이었을 뿐이다. 그가 스타로 돌아오기 전, 아무것도 몰랐을 때의, 다시는 만날 수조차 없을 거라고 믿었던 때의 혼자만의 바람난 상상. 그렇다면 두려움 없이, 거칠 것드 없이 물어야 하는 게 맞는 것이 아닌가. 하지만 때로는 상상도 죄가 되는 법이다. 상상뿐이었다 해도 책임이 따르는 법이다. 가끔 사람들은 착각을 한다. 상상하는 것들에 대해서는 전혀 미안함을 갖지 않아도 된다는. 조금의 죄스러움조차 느끼지 않고 맘껏 상상을 해도 된다는. 하지만 아무도 모르는 자신만의 상상이라 하여도 그것들은 언젠가 분명 죄가 되고 책임이 된다. 얼마나 위험천만한 생각들로 채워진 것이 상상인지 상상조차 못할 것이다. 때로는 그 책임이 자신을 통째로 구속하게 될 거라는 엄청난 사실조차도. 하지만 수연은 이제 알 수 있었다. 상상에도 커다란 책임이 따른다는 것을. 이제 와서 용서를 구한다

해도 세상은 절대로 시간을 거꾸로 돌려놔 주거나 책임을 묻지 않는 예의를 가질리 없었다.

이미 여행에서 돌아온 지 여러 날이 흘렀다. 그랬으면 마음도 함께 따라왔어야 하거늘 어째서 마음은 늘 혼자 움직이는 것인가. 우린 잊지 못할 연애를 한 것도 아니다. 참아낼 수 없는 거대한 추억거리도 없으며 못 견디게 서러운 이별을 한 적도 없다. 그런데 도대체 무엇이 이대로인 채는 안 되는 것처럼 혼란스럽게 하는 것일까. 아무리 생각을 해보아도 그것은 대책 없이 키운 상상 때문인 것이다. 속히 상상들을 정리하고 출입구조차 만들어 놓지 않은 미로 속에서 빠져 나와야 한다.

마른 장작들이 식어가며 톡톡 소리를 냈다. 공기 속을 떠다니는 재티 같은 생각들이 갑자기 한 곳으로 훅하고 몰려 덩치 큰 근심거리를 만들어 냈다.

* * *

“당신과 한번 사귀어 보려구요. 어때요?”

“훗! 그거였나?”

“남녀가 만나는데 그거말고 또 뭐가 있어야 하나?”

“솔직해서 좋군. 군더더기가 없어 좋아.”

“나도 그래요.”

“하지만 나한텐 여자가 아주 많아 넘칠 만큼.”

“그래서?”

“그 방법도 이미 겪어 보았다는 얘기지.”

“겪어 본 얘기라 재미없다?”

“물론!”

“그러니 할 거면 다르게 하라?”

“원한다면.”

“싫다면?”

“당신의 선택만이 결정에 도움을 주겠지?”

“날 놓친다면 후회할걸요!”

“그렇겠지. 당신처럼 매력적인 여자를 거절한다면!”

“거절한다면?”

"그래. 거절한다면."

"훗. 세상이 이번엔 내게 재미를 줄 모양인 것 같은데요?"

"그럴 모양이군."

"근데 어쩌죠? 이렇게 쉽게 넘어와 버리니 내가 재미가 없는 걸?"

"내가 변덕스런 마음까지 책임져야 하나."

"틈을 안 보이시겠다 그건가요?"

"아니. 충고야."

"충고?"

"다른 여자들처럼 보이고 싶지 않다면 그런 허접한 질문들은 그만 하는 게 좋을 것 같군."

"허접한?"

"또 질문인가?"

"날 자극하지 않는 게 좋아요. 하면 할수록 내게 빠져들게 될 테니까."

"기대하지."

시큼한 냄새가 잠을 깨웠다. 온 방 안을 가득 메운 후텁

지근한 숨들이 출입구를 찾지 못하고 옹기종기 모여 소란한 탓에 더 이상 눈을 감고 이불 속에 묻혀 있기가 곤란했다. 간만에 깊고도 편안한 잠을 잔 탓에 온 몸이 개운해도 좋으련만 눈을 뜨자마자 생각난 사람이 죽도록 기억하고 싶지 않은 엄마와 아빠라는 게 예영의 기분을 몹시 상하게 했다. ─과연 사랑했을까.─ 왜 그와 사랑을 나눈 다음 날 아침에 갑자기 그들의 사랑이 궁금해진 건지 이해할 수가 없었다. 다만 예영은 사랑의 정체성에 대해 알고 싶었다. 죽어도 좋을 만큼, 죽게 할 만큼, 죽고 싶을 만큼 사랑할 수 있는 것이 사랑이라면 분명한 것은 그들은 사랑했을 것이다. ─사랑이었겠지.

엄마에겐 사랑하는 사람이 있었다. 그것이 아빠가 아니라는 게 문제였지만. 사랑하는 두 연인을 죽기 아니면 까무러치기로 작정하고 갈라놓고는 엄마를 얻은 아빠는 주겠다던 사랑 대신에 매일매일 한 가득 매를 선물했다. 고마울 턱이 없었던 선물은 엄마의 몸을 차례차례 수를 놓듯 멍들게 했고, 마음까지 옮겨 붙어 시름시름 앓다가 그 어느 날부턴가는 맞아도 아프지 않는 신세가 되었다. 그렇게 엄마를 세상 밖으로 보낸 아빠는 후회하듯 매일매일 술로 하루하루를 살았다. 아무것도 먹지 않아 침을 삼키는 것만도 아껴야 했던 예영은 그날 아침 아빠가 안주로 먹다 남은 퉁퉁 불어빠진 라면으로 허기를 채우고 강으로 따라 나갔다. 그 강에서 아빠를 보냈다. 제대로 다 자란 잡초들 사이에 예영을 세워두고 서서히 강 깊은 곳으로 사라져 가는 아빠를 보고도 예영은 울지 않았다. 그것이 아빠가 치러야 할 몫이라고 생각했으므로. ─그런 **사랑엔 흥미 없어!**─ 예영은 침대에서 내려와 욕실로 갔다. 잠과 생각에서 벗어나야 할 때 가장 좋은 방법은 샤워를 하는 것이다. 그것들을 씻어 낼 수 있는 그 보다 더 좋은 해결책은 아직도 개발되어 있지 않았다. 이 좋은 세상에 고작 해야 기억 하나 지워내는 것이 뭐 그리 어려운 일이겠는가 마는 거머리처럼 달라붙은 기억 하나가 세상의 능력을 과소평가 하게 하는 것이다.

9시 51분.
앞으로 9분 후면 매니저가 들이닥칠 것이다. 샤워를 마친 예영이 햄퍼가 가지런히 챙겨 놓은 옷들 중 하나를 골라 들고 맨 몸으로 거울 앞에 섰다. 아직 채 흡수되지 않은 물기를 손으로 정돈하며 그의 입술과 손길이 닿았을 부분들을 가늠해 보았다. 그녀의 손길이 닿을 때마다 붉게 피고 지며 살아나는 욕망들을 짧게 거둬야 했을 때 비로소 초인종이 울렸다.

"유실장님! 시간 좀 남았죠?"

"왜요? 들릴 데 있어요?"

"요즘 스텝들 너무 고생이잖아. 샌드위치 같은 거 살 데 없나?"

"예영씨, 뭐 기분 좋은 일 있어요?"

룸미러 안으로 예영의 웃는 모습이 보였다. 언제나 기분 좋은 일이 생길 때마다 스텝들을 챙기는 것은 예영의 버릇이라는 것을 영식은 알고 있었다. 느낌이 좋지 않았다. 자신이 모르는 좋은 일은 아직까지 없었으므로.

"어젠 뭐했어요?"

"그냥…."

“쉬었어요?”

“그런 셈이죠 뭐.”

영식은 더 이상 물을 수가 없었다. 이미 나왔어야 할 이유들이 이 만큼의 노력에도 숨으려 드는 것을 보면 비밀스러운 그 무언가가 그녀에게 생겼다는 걸 느낄 수 있었기에. 하지만 단지 그녀의 비밀을 인정해주기 위해 입을 닫은 것만은 아니었다. 알 수 없는 서운함이 영식을 불안하게 만들었기 때문이다. 샌드위치 가게 앞에 차를 세우고 벗어 놓았던 윗옷에서 지갑을 꺼내 들었다.

“넉넉히 사요. 참! 따뜻한 커피도 있으면 좋겠네!”

촬영장 앞에 도착하자 기다리고 있던 팬들이 밴에 따라붙어 창문을 마구 두드렸다. 다른 때 같았으면 블라인드를 내리고 짜증을 부렸을 터였지만 창문 옆에 바싹 붙어 팬들을 향해 손을 흔들어 주었다. 그녀의 미소가 제대로 빛났다.

“냄새 좋은데?”

“감독님 건 없어요~.”

“뭐야?”

“농담이에요 농담!”

“어허 이거 요새 내가 한예영한테 당해도 너무 당한다니까.”

“뭘 또 그렇게 당하셨다구 엄살이셔~.”

“야~, 향이 죽이는 구만!”

“많이 드세요~. 참, 수연인요?”

“벌써 왔지. 요즘 윤선생 작품들 때문에 방송국으로 문의가 꽤 들어오는 모양이이야?”

“그래요?”

“젊은 사람답지 않게 작품들이 꽤 깊이가 있어 그런가! 긴 시간도 아니게 나간 건데 어떻게나 주의 깊던지 요즘 시청자들도 수준이 있어서 그런지 좋은 건 금새 알아본다니까.”

“방송의 힘이 아니죠 감독님! 실력 때문 아니겠어요.”

“누가 뭐래나! 이거야 원 참! 친구라고 편드는 것 좀 보게나!”

“워낙에 수준 높은 친구를 두면 거만해 지는 법이거든요.”

"얼씨구! 그건 그렇고 준비들 하자고 곧 해가 넘어 갈 거야…."

* * *

어둠이 떼로 몰려 와선 산 속을 더욱 깊게 만들고 있었다. 차곡차곡 쌓여 가는 어둠을 바라보며 교실 창가에 서서 밤바람을 맞아들였다. 눈앞에 보이던 세상은 온데간데 없고, 검은 벽이 세상을 막고 선 것처럼 아무것도 보이지 않았다. 수연은 감았던 눈을 떴다. 눈을 감아 버린다고 해서 지금의 이 문제마저 감아지지 않을 것임을 알고 있으므로.

처음이란 아주 쉽고 간단했다. 아무것도 기억해야 할 것들이 존재하지 않았다. 하지만 점차 시간이 지남에 따라 시작에 기억이 붙어갔다. 기억이 붙었다는 것은 이야기가 늘었다는 것이다. 이야기가 늘었다는 것은 이미 때가 늦었다는 것이다. 수연은 내일이면 더 늘어 있을 이야기로 두려웠다. 그 두려움은 그가 알지 못하는 수연의 마음에 있는 것이 아니라 그에게 있었다. 그의 어떤 말이, 그의 어떤 행동이 수연의 가슴에 상처를 내고 곪게 할지 그것이 두려웠다. 자신의 바람난 상상 따위가 상처를 내는 것은 그에 반하면 아무것도 아닌 일이다. 늘 그 사람에게서 나오는 목소리의 무게 감으로 그 사람의 기분을 점치고 따라가야 하는 자신은 이미 사라진지 오래인 것만 같았다. ― 정말 바보 같아!― 한때는 그럭저럭 쓸만한 가슴이었다고 생각했다. 상처 없는 분노가 어디 있을까마는 수연의 가슴엔 상처는 있어도 분노는 없었다. 번듯한 새것은 아니었어도 녹슬지도 않았었다. 하지만 그를 만나고부터 웃음조차 쉬이 내 줄 수 없는 가슴인 게 수연을 부끄럽게 했다.

그날 이후, 더 이상 그는 아무 말이 없었다. 보고도 못 본 것처럼 스쳐지나갔고 둘만 있는 시간에도 그는 냉담했다. 그저 촬영장 안의 모든 스텝들을 대하듯 그녀를 대했고 어쩌면 그 보다 못한 대우를 받고 있었다. 처음엔 눈치를 보았고 다음엔 서글펐으며 그 다음은 외로웠다. 그리고 아무것도 묻지 않았던 자신을 원망했다. 그의 말처럼 혼자 상상을 했고 스스로에게 화를 내면서도 아무것도 할 수 없는 자신을 원망하는 일에 익숙했던 탓에 바보처럼 기회를 상실하고 만 것이다. 그는 아무것도 잘못한 일이 없다. 거짓을 말하지도 않았다. 다만 자신에 대해 아무 말도 하지 않았을 뿐이고 그래야 했던 이유들을 충분히 이해하면서도 피부 속까지 배신감이라는 어처구니없는 느낌을 가진 것 또한 그녀의 잘못이었다. 하지만 이해를 바랐던 것일까. 기쁨이 충만함으로 넘쳤어야 할 재회의 순간에 다시는 함부로 볼 수 없는 사람이 되어버린 그에게서 자신이 부릴 수 있는 최고의 오기는 도망뿐이었다는 것을. 그 오기가 후회와 절망으로 다가와 수연의 얼굴을 창백케 했다.

"분위기 있는데? 깜깜해서 아무것도 보이지 않는 창 밖을 바라보면서 무슨 생각을 했을까나?"

"아니야 아무것도…."

"내 그럴 줄 알았다. 너 죽으면 나한테 니 머리부터 기증해라. 도통 무슨 생각을 하고 있는지 알 수가 없다니까."

"끝났어?"

"어~."

"피곤해?"

"아니! 어제 쉬어서 그런지 팔팔하다!"

"다행이야."

"안 가?"

"저거 회수해 가려고. 잠가 둬도 밤엔 비어 있어서 좀 불안해."

"야! 윤수연. 작품만 불안해하지 말고 나도 좀 불안해 해봐라! 밤엔 나도 혼자거덩!"

"훗, 누가 데려가면 좋게?"

"뭐야!"

"서른 넘은 시집 안간 처녀는 찾지도 않는데."

"나 시집보내고 싶니?"

"간다면."

"수연아, 나 할 말 있다."

"응."

"궁금 안 해?"

"궁금해."

"뭐냐! 시시해서 안 해. 뭐가 그래!"

"미안."

“쿡. 기집애 쫄기는. 좋아. 니가 궁금해 하니까 말해주는 거다!”

“응.”

“나…. 그 사람하고 잤다!”

“응?”

“하하하하…. 기집애 놀라긴! 나이 서른 넘은 여자가 남자하고 잤다는 게 그렇게 놀랄 일이니? 아님 질투하는 건가. 그래?”

“…….”

“뭐야 왜 대답이…. 수연아? 괜찮아? 야~, 윤수연!”

때로는 무언가를 간절히 원하고 있을 때 그냥 모른 척해 주길 바란다. 설령 그 길이 옳지 않은 길이라고 할지라도, 바른 행동들이 아닐지라도 그냥 내버려두기를 바란다. 궁금증에 목이 마를지라도 그래서 무언가를 묻고 싶을지라도 꾹 참고 인내해 주길 바란다. 그래만 준다면 끝내는 반드시 스스로를 터득해 나가며 잘못을 인식하게 된다는 것을 모를 지라도 말이다. 깨우침이 남들보다 느릴지라도 우왕좌왕 하는 내가 답답하게 느껴질지라도 한번쯤은 기다려주길 바랐다. 아무렴 모를까. 너무 잘 알고 또 알아서 가당치도 않은 일이라는 것을 모를까. 단지 시간이 걸릴 뿐이었다. 여타의 사람들과는 다르게 빠르게 움직일 수 없었을 뿐이다. 하지만 시간은 언제나 바빴다. 쫓아가기에는 너무도 빨리 달렸다. 시간은 한 사람을 위해 존재하는 것이 아니라는 것쯤은 알고 있다. 하지만 우리 모두는 시간을 위해 존재하는 것처럼 언제나 시간이 데려다 놓는 곳에 대기하고 있어야 했다. 느려서 불안했던 수연은 언제나 제대로 적당히 생각하지 못하고 올바르지 못한 결론을 내린 채 쫓기듯 매번 잘못을 번복하고 있는 것인지도 모른다고 생각했다. 아무 말도 하지 않았다. 아무것도 묻지 않았다. 아무것도 한 것이 없는데 시간은 벌써 여기까지 데려다 놓았다. 여기서 도망을 친다고 해도 분명 시간은 찾아낼 것이다. ―차라리 시간이 빨리 갔으면 좋겠어.―

＊＊＊

"깼어?"

"응."

"괜찮니?"

"응 좋아."

"좋기도 하겠다! 안 그러더니 또 그러네. 그렇게 힘들었으면 말하지 그랬어. 정말이지 처음도 아닌데 너 이럴 때마다 내가 얼마나 놀라는지 알기나 해? 사람들이 어찌나 놀라든지 나까지 깜빡 속았다니까. 그나저나 정말 이상해. 왜 사람들 틈에만 있으면 멀미가 나는 거니? 아무데서나 픽픽 쓰러지는 걸 보면 병은 병이다 싶은데 병원에선 아무 이상 없대구. 암튼 별나도 너무 별난 거지. 내가 해명하느라 얼마나 고생을 했게! 다들 난리도 아니었어. 병원에 가봐야 하는 거 아니냐는 걸 겨우겨우 설명하고 집으로 왔긴 왔는데 이해하는 사람들은 아무도 없는 것 같더라구. 하기사 나였대도 이해하기 힘들었을 거다."

"차는?"

"정신이 들긴 들었나보네. 차 걱정을 다하구. 니 차는 촬영장에 있지. 내 차로 너 먼저 보내구 난 조금 전에 쉬에씨 차로 왔어. 덕분인진 모르겠다마는 니 덕에 그 사람과 함께 오니까 좋긴 좋더라. 차가 따로따로니까 같은 차로 오는 게 어디 쉽니! 사람들 눈도 있구. 말은 안 하는데 그래도 식구라고 걱정이 되는 모양이야. 하기사 연인의 친구에게 그 정도 관심은 당연한 거 아니겠어! 오는 내내 너에 대해 묻더라구. 근데 말야. 내가 쉬에씰 정말 좋아하긴 하는 것 같아. 너에 대해 묻는데도 질투 같은 게 나는 거 있지! 만약에라도 말야 우린 같은 사람 좋아하지 말자. 그럴 일은 없겠지만 말야. 너랑 나랑 취향이 워낙에 다르니까…."

"그 사람…, 진심이니?"

"글쎄! 아직은 잘 모르겠어. 하지만 진심이길 바래. 그 사람 정도면 아무도 날 무시하진 못할 테니까 말야. 난 말야 수연아, 언제나 편하질 못했다. 늘 누군가 나를 보고 있는 것처럼 불편하게 행동을 했어. 그래야 흐트러짐이 없으니까 무시당하고 싶지 않았거든. 부모 없는 자식이니 뭐니 하는 소리가 세상에서 젤루 듣기 싫었거든. 그래서 늘 조금은 불편하지만 '나는 너희가 무시해도 좋을 만큼 평범한 사람이 아니다' 하는 식으로 연기를 하며 산 거지. 그래서 내가 연기자가 됐나? 후훗~. 어쨌거나 이젠 익숙해져서 그리 불편하지도 않아. 하지만 아직은 완성작이 아냐. 요즘 인터넷에서 내 얘기들을 떠들어대고 있는 모양인데 장쉬에를 가지면 찍소리도 못하겠지? 아시아가 탐내는 사람을 연인으로 가지면 모두가 우러러 볼게 뻔하지 않아? 무시하기는커녕 학교 다닐 때 우리를 무시하던 년들까지 심란해 할 걸. 생각하면 자다가도 웃음이 나온다니까. 두고 봐. 세상을 향해 내가 어떤 복수를 꿈꿔 왔는지 곧 알게 될 테니까. 그러니까 이제 너두 그만해. 그만하면 됐어. 아직도 우리가 뭣모르던 철부지 소녀들이니? 이젠 모질어 질 때도 됐구만. 왜 매번 사람을 놀래키니? 니가 말하는 것처럼 이젠 사람들이 니 가슴에 못질 못해. 친데 또 치게 안 한다구 내가. 알겠니 이 바보야!"

"후훗….'

"웃어? 웃음도 나오겠다. 바보란 말 듣고 웃는 건 너 밖에 없을 거다."

"후훗…. 나 바보 맞나봐."

"뭐야?"

"다들 나만 보면 바보래."

"뭐야? 누가? 누가 천하의 한예영의 친구더러 바보래! 누구야?"

"말하면?"

"가만 안 두지!"

"어떻게?"

"글쎄! 쉬에씨랑 둘이 가서 막 패줄까?"

"후훗….'

"뭐야 또 웃어? 그래 웃어라 웃어. 사람들 때문에 멀미
나서 쓰러지는 것보단 웃는 게 백배는 낫다."

그래 어쩌면 세상이 원하는 건 이런 것일지도 모른다.
가볍게 웃어주는 것, 세상이 모른 척해 주고 아무것도 묻
지 않아 주길 바랐던 것처럼 세상도 정해진 운명을 지키
는 파수꾼으로서 힘들고 고된 삶을 억지로 이겨내며 사람
들에게 자신을 모른 척해 주길 바라고 있는지도 모른다.
그렇게 가볍게 웃어주면 그걸로 위안을 삼으며 운명 파수
꾼으로서의 정해진 역할을 성실히 이행할 수 있는 것일지
도. 베일에 쌓여있던 세상과 친구가 될 수 있을 거라는 생
각은 단 한번도 예상치 못했지만 이로써 우리는 서로를
이해할 수 있게 된 것이다.

멈췄던 시간이 다시 빠르게 활동하기 시작했다. 이번에

는 적당히 보조를 맞춰 쫓아갔다. 방해되지 않을 만큼, 누가 되지 않을 만큼 여유가 생긴 시간이 만족하는 듯 보였다. 잠깐이었지만 수연을 향해 가볍게 웃어주었다.

3

"안녕하세요. 〈XX매거진〉의 김유민 기잡니다. 잠시 인터뷰를 하고 싶은데요. 제가 지금 그리로 찾아뵈면 안되겠습니까? 저, 여보세요 윤수연씨!…???."

김유민….

김유민이었다. 그렇게 생각을 해도 떠오르지 않던 그 사람의 이름. 지난번 연희 아들의 돌잔치에 갔다가 커다랗고 빛나는 은쟁반들에 놓여 있던 음식들을 집어 들며 생각해 내려했던 이름이 이제야 떠올랐다. 대학 시절, 수연에게도 사랑을 외치던 사람이 있었다. 줄 사랑이 없다는

데도 굳이 사랑을 주겠노라고, 매일같이 저 창문 밖에 서서 사랑을 외치던. 수연은 그 사랑이 달갑지 않았다. 폭풍처럼 한순간에 몰아닥쳐 준 만큼을 돌려 달라던 그 사랑이 수연은 몹시 부담스러웠다. 그 사랑이 진심이었대도 지나치게 과장된 외침은 수연의 가슴을 자극하지 못했다. 불같이 순식간에 달아올랐다 만 그 사랑을 외치던 주인공을 돌잔치에서 만났을 때 그의 옆에는 배가 부른 한 여인이 앉아 있었다. 그 때 수연은 생각했었다. —부러워.— 이미 치유된 지나간 사랑과 지금의 안정된 사랑이 참으로 부럽고 편안해 보인다고.

　수연은 전화기의 코드를 뽑았다. 김유민이라는 같은 이름을 가진 사람들의 생각은 거기서 끝내기로 하고.

　—다시 폭풍이 불어 닥칠 것만 같아.— 무슨 일인가가 벌어지고 있는 것이 분명하다. 아침 내내 각종 신문사와 잡지사들에서 벌써 수십 통째의 같은 전화를 받고 있는 건 분명 원하지 않는 무슨 일인가가 벌어지고 있는 것임이 틀림없다. 수연은 문득 어제 예영의 말들을 떠올렸다. 간혹 방송국으로 작품을 구하고 싶다는 전화들이 걸려 온

다는. 하지만 이야기를 전해들은지 만 하루도 지나지 않
아서 준비를 하고 있었다는 듯 빗발치게 걸려오는 전화들
은 분명 그것 때문이 아닐 것이다.

"야, 윤수연! 정신 좀 차려 봐봐. 너 듣고 있는 거니? 집
전화는 왜 안 받아?"

"코드를 뽑았어."

"시작했군! 너 지금부터 내가 하는 말 잘 들어. 내 전화
를 끝으로 핸드폰도 꺼! 니 핸드폰 번호 정도는 쉽게 알아
낼 수 있을 거니까. 알겠니? 내가 지금 그리로 가고 있어.
조금 있으면 니네 집으로도 기자들이 들이닥칠 거야. 당
장 필요한 물건들만 챙겨서 있어. 당분간 집에 못 갈 거라
고 생각하고 챙겨. 내가 갈 때까지 기자들이 먼저 오지 않
으면 좋겠지만 벨을 눌러도 집에 없는 척 해. 내가 그 앞
에 가서 유실장님 들여보낼 테니까 그때 빠져 나오고….
들어? 듣고 있어?"

"무슨 일이니…."

"그건 내가 너한테 물어봐야 하는 거 아니니?"

이때쯤 창 밖 너머로 근처 초등학교에서 등교를 알리며 들려오던 희망차고 생기 있는 음악 소리도 없었다. 정확히 분주하게 출근들을 할 시간임에도 현관 밖에선 "띵~"하고 울리던 엘리베이터의 소리도 조용했다. 적막하기 짝이 없는 넓은 집에 홀로 있을 때 그나마 위로가 되어주던 소음들도 숨을 죽이고 있었고 적어도 서너 개가 넘는 시계들에서 나오던 째깍거림도, 물로만 가득 채워진 냉장고에서 나오던 "윙~"하던 익숙한 소음들마저도 등을 돌리고 있는 것만 같았다. 수연은 그 순간 몸서리 쳐지는 외로움을 느꼈다. 세상에 자신말고는 아무것도 존재하지 않는 것 같은 느낌. 어릴 적, 수연은 곧잘 엄마아빠가 없다는 사실을 잊어버리곤 했다. 친구들과의 싸움에서 밀리고 있을 때면 보란 듯이 '우리 엄마한테 이를 거야' 라고 말해 아이들의 웃음거리가 되었다. 또한 한참 낮잠을 자다가 깬 어린 수연은 매번 일어나 엄마를 찾았다. 지금도 외갓집에서 일하고 계신 안성댁 아줌마가 달려와 안아주고 얼러줘도 계속해서 엄마를 찾았다. 아무리 울며 찾아도 달려오지 않는 그 짧은 시간에 느꼈던 두려움. 수연은 이 순간 알 수 있었다. 엄마아빠가 나란히 누워 더 이상 수연을 알아보지 못할 때 왜 그렇게 많은 눈물이 났던 것인지를. 그것은 조건 없이 사랑해 주고, 믿어주며, 의지할 사람들이 떠났기 때문인 것이다.

"여기도 그리 안전하진 못해!"
"무슨 일인지 나도 알고 싶어."
"그걸 왜 나한테 물어! 니가 알고 있어야 하는 거 아니니?"
"예영아!"
"지금은 그렇게 부르지도 마. 나도 잘은 모르겠는데 어쨌든 난 지금 니가 싫어!"

아무것도 한 일이 없는데 자꾸 죄를 묻는다. 언제나 상상한 것 외에는 밖으로 낸 말이 없는데 책임을 강요당한다. 그 옛날, 아끼고 아끼던 아기 인형. 애지중지하며 가진 사랑을 다 주었던 인형이 사라져 눈물 콧물을 다 쏟아가며 찾다가 정원에서 누더기가 된 채로 발견된 인형을 보곤 대뜸 화를 냈다. ─**어디에 갔었던 거야!**─ 수연은 처음으로 아기 인형이 자신에게 큰 잘못을 했다고 생각했다.

그래서 책임을 물었다. 아무것도 할 수 없는 인형에게 화를 내고 책임을 물으면서도 그게 잘못이라는 것을 알지 못했다. 훗날, 새로운 장난감에 혹하여 미처 돌보지 않고 현관 앞에 떨어뜨린 것을 정원에서 기르던 개가 물어다 놓았던 것을 알고도 용서를 구하지 않았다. 아무것도 할 수 없는 인형에 불과했으므로. 그리고 수연은 누우면 저절로 눈이 감기는 아기 인형을 새로 맞이하고 거칠 것 없이 누더기가 된 인형을 버렸다. ―난 내가 이렇게 될 줄 이미 알고 있었던 거야.― 끝은 아직 멀리 있었다. 상상이었을 뿐이니 홀로 정리만 하면 되는 것이 아니었다. 아직 상상에 대한 댓가를 지불하지 않은 것을 잊고 있었다. 세상은 정확한 계산을 요구하고 있는 것이리라.

*＊＊

'몰랐다구? 몰랐어? 몰랐었단 말이지? 그래서? 그러니 나더러 어쩌라구?'

늘 그런 식이다. 세상에서 가장 슬픈 얼굴을 하고는 꾸역꾸역 진심을 토해내는, 한번쯤은 말하고 싶지 않은 진실들을 거짓으로 꾸며댈 재간도 없는, 그런 아이가 수연이었다. 지나치게 말수가 적은 아이가, 생각의 깊이가 어디까지인지도 모르는 아이가 눈물까지 동반해 진실을 말할 때 그 힘이 상대방을 어떻게 움직이는지 예영은 알고 있었다. 고작해야 몇 마디도 되지 않은 말들을 들었을 뿐인데 그 마음이 자신의 마음인 듯 욱씬욱씬 쑤시고 아픈 게 화가 났다. 학창시절 예영은 자신에게 없는 그 묵언의 인내를 탐했었다. 자신이 당한 괴롭힘이 아님에도 천 마디의 말을 한다 해도 분이 풀리지 않았던 그때에 수연은 환하게 웃었다. 예영이 보았던 그 어떤 미소들보다도 어둡고 차갑게. 한마디도 듣지 않고서 그녀를 이해할 수 있었던 자신이 수연을 향해 손을 내밀었을 때 그녀는 다시 세상에서 가장 행복한 미소를 보여주었다. 처음이었다. 태어나 처음으로 누군가가 자신에게 그렇듯 행복한 미소를 보내온 것은. 음흉하고 거짓되고 가식적인 웃음에 길들여져 행복한 웃음은 알아보지도 못할 거라는 단언과는 달리 단번에 그 행복한 미소에 사로잡혀 친구라는 이름으로 이날 입때까지 살았다. 그 뒤로 내내 아주 드물게 그녀가 어두운 미소를 지으면 그녀가 행복한 미소를 지어준 만큼 손을 내밀었다. 하지만 오늘은 달랐다. 그녀가 세상에서 가장 어두운 미소를 지으며 넘어오지도 않는 말들을 애써 이야기를 하는데도 손을 내밀어줄 용기가 나질 않았다. 아무것도 정리되지 않는 상태에서의 이해는 가식일 뿐이라고 해명하고 싶지만, 그것은 분명 자기 편리적인 삶을 살았다는 데에서 생각이 멈추자 더욱 화가 솟구쳐 올랐다. ―어차피 우린 모두가 비겁했어!― 차가 어디론가 향해 달려가고 있었다. 멈추고 싶었지만 솟아 오른 분노만큼 속력이 났다. 차는 분노가 가장 꼭대기에 다다른 후에야 커다란 소음을 내며 멈춰 섰다.

"첫 번째 건 내 꺼야. 그리고 이건 수연이 꺼."

두 번의 활화산 같은 폭발음이 장쉬에의 볼을 훑고 지나간 다음 머리끝까지 차 올랐던 수많은 말들 중에 적당한 말을 골라 뱉어냈다.

"억울해 하지 마. 당신 실수니까 받아들여. 널린 게 여자였어도 가릴 건 가렸어야 했어. 니 눈엔 친구도 여자고 그 친구의 친구도 여자겠지만 여자들의 세계에도 룰이란 게 있어. 당신이 겁없이 그 룰이란 걸 건드린 댓가야. 아직 다 치렀다고는 생각하지 않는 게 좋아. 그 댓가가 고작 이 따위 것들뿐이라고는."

이쯤에서 그를 뒤로하고 나온 것은 시작을 길게 끌고 싶지 않아서다. 시작이 길면 끝이 시시해지는 법이니까. 예영은 긴 손톱 끝으로 꼭 쥔 자신의 손바닥을 짓눌렀다. 아빠의 마지막 가는 길목에서 망 따위나 보면서도 눈물 한 방울 쏟지 않았던 자신의 눈이 일렁거리고 있음을 눈치챘기 때문이었다. ─너희 둘의 실수가 뭔지 알아? 먼저 말하지 않은 것. 그리고 지금은 늦었다는 것!⋯⋯

***

고작해야 삼사(三社)의 신문들을 줍는데도 한 참이 걸렸다. 예영이 뿌리듯 던지고 간 신문들이 낱낱이 흩어져 전후상하(前後上下)가 뒤바뀐 채 방안을 가득 채우고 있었다. 수연은 먼저 신문들을 모았다. 각각 신문사 별로 분류하고 일면부터 차례차례 정리해 나갔다. 그러자 딱 세 개의 신문이 완성되었다. 그 신문들을 나란히 늘어놓고 약속이라도 한 듯 일면을 장식하고 있는 자신의 사진을 바라보았다. ─무엇을 보고 있었지!─ 단 한번도 본 적 없는 자신의 사진을 접한 것이 신문이라는 데에 있는 것이 아니라 무언가를 이토록 행복하게 바라보는 표정 속에 놀라움이 있었다. ─그래 엽서! 엽서 같단 생각을 했었지!─

숨겨진 장쉬에의 연인?

(사진. 윤xx씨. 31). 2006. 4. OO. 장쉬에의 수첩에서 발견된 사진의 주인공은 누구?

지난 OO일 새벽. 인터넷에 올려진지 십 여분만에 사이트를 마비시킨 이 한 장의 사진으로 대만 최고의 배우이자 인기 가수인 장쉬에의 팬들은 일대 혼란을 겪고 있다. 사건의 전말은 이렇다. 장쉬에의 열렬한 팬이었던 여중생 두 명이 드라마 '흘려진 눈물만큼 목이 마르다'의 촬영지인 전라도의 한 세트장에 몰래 침입해 장쉬에의 상의를 훔쳐 달아난데 있다. 단지 그의 소장품을 간직하고 싶었던 이들은 상의 안주머니에 있는 수첩에서 이 사진을 발견하고 인터넷에 올린 것으로 경찰에 진술했다. 또한 이들은 세트장에서 사진의 주인공을 보았다고 증언해 조사한 바, 그녀는 같은 드라마에 출연중인 한예영의 절친한 친구이자 스텝이기도 했다. 촉망받는 젊은 도예가로 알려진 그녀는 현재 도예가로 출연중인 한예영의 자문으로 합류하게 되었는데, 문제는 그녀의 사진이 어떻게 장쉬에의의 수첩 속에 들어 갈 수 있었느냐는 것이다. 현재 이 사진은 한국에서뿐만 아니라 아시아 전지역으로 확산되어 팬들의 궁금증을 유발시키고 있다. 허나더욱 큰 문제는 팬들의 움직임이 다소 위험한 요소를 띠고 있다는 점이다. 그의 연애설이 보도될 때마다 커다란 파문을 일으키며 장쉬에의 상대에 대한 보복들이 만만찮았던 점으로 보아 이번 상대인 윤씨도 피해갈 수 없을 거라는 전망이다. 연인이건 아니건 간에 장쉬에는 하루 빨리 그녀를 보호해야 할 듯. 이미 만 개가 넘는 댓글이 달린 이 사진으로 팬들은 깊은 상실감과 함께 극도로 흥분하고 있으며 이는 과히 장쉬에의 인기를 실감할 수 있는 듯하다.

수연이 천천히 일어나 소파 위에 얹어 있던 붉은 색 담
요를 걸쳤다.

—한국의 4월이 이렇게 추웠던가?— 수연은 혼잣말로
중얼거렸다. 옆에 누군가가 있어 정확히 전달해야 하는
것처럼 또박또박 힘주어 말했다.

—보일러를 올려야겠어.— 수연은 보일러의 스위치를
찾아 올렸다.

—배가 고파.— 이번에는 식탁에 놓여진 반쯤 줄어있는
식빵 봉투를 열어 천천히 그것을 먹었다.

—여기가 어디지?— 알 수 없었다.

—거기 아무도 없어요?— 아무도 없었다. 둘러보아도
그 무엇 하나 눈에 익은 것이 없었다. 수연은 혼자뿐이었
다. 온 길도 모르고 와본 적도 없는 버려진 섬에 함께 버
려져 있었다.

—어디로 가면 되지?—

두 번째 빵을 꺼내 한 입을 더 베어 물었다. —엄마….—

＊ ＊ ＊

"예?"

"여긴 정말 이상한 곳이에요. 낮도 밤도 해도 달도 없어요. 바람도 공기도, 소리나 냄새 같은 것도 없어요. 정말 신기하죠?"

사람들 틈에 섞여 있을 때는 알지 못하던 것들이었다. 하지 않는다고 해서 말을 할 줄 모르는 사람이 아니었기에 말이 하고 싶었다. 혼자 있는 것이 편하다고 해서 외롭지 않은 것이 아니었기에 고통스러울 만치 외로웠다. 또한 이곳의 시간이 멈춰져 있다 해서 다른 공간의 시간 또한 멈춰져 있는 것이 아니기에 불안하고 두려웠다. 아무것도 보이지 않고 아무것도 느낄 수 없는 공간에 머물고 있던 시간이, 제대로 흘렀는지조차도 알 수 없는 수연이, 예영이 보냈을 영식에게 말을 걸자 제대로 흐르는 시간에서 온 영식은 입을 닫았다.

"나 잠깐만 집에 다녀오고 싶어요. 아무것도 챙겨 오지 않았거든요. 여긴 너무 추운데 갈아입을 옷도 없고…."

영식은 절대로 집 안에서 한 발자국도 나오지 못하게 하라는 예영의 말을 접어두고 수연의 편에 서주었다. 한 번쯤은 그러고 싶었다. 아니 그럴 수밖에 없었다. 덜렁 먹거리들만을 내려놓고 나오기에는 그녀가 너무도 외로워 보였다. 벌써 한 주일이 훌쩍 지나가고 있는데도 그녀가 잠이라는 것을 자긴 했는지 무언가를 먹긴 먹었는지 싶을 정도로 야위고 수척해 보였다. 반 이상은 넋이 나간 수연을 차에 태우고 집으로 가는 내내 수연은 아무것도 묻지 않았다. 오히려 묻고 싶은 것은 영식 쪽이 더 많았다. 세상 사람들 모두가 궁금해하는 진위를 영식도 알고 싶었지만 그 누구라도 지금의 이 상황에서 그녀에게 질문을 던질 수 있는 사람은 없을 거라고 생각했다. 세상 밖의 일들이 그 누구보다도 궁금해 할 것만 같은데 그녀는 밴의 뒷좌석에 곧게 앉아 어디를 보는지 초점을 알 수 없었다.

그녀가 섬으로 들어가고 수그러지길 바라던 일들은 천파만파 끊임없이 빠른 속도로 퍼져 나갔다. 대만과 홍콩,

일본에서 파파라치들과 수많은 팬들이 한국으로 속속 몰려오고 인터넷에서는 갖은 억측들로 장사진을 이루고 있었다. 그녀의 가족 내력부터 학창시절의 모습들까지 이미 알만한 사람들은 훤히 꽤 차고 있었으며 하다 못해 학교 성적들, 소풍에서 찍었던 단체 사진들까지 인터넷 검색창에 이름 석자만 치면 줄줄이 넘쳐 났다. 그로 인해 그녀의 가족들은 이미 해외로 도피하다시피 떠났고 다행히 예영과 장쉬에는 수십 명의 경호원들의 경호로 버텨내고 있었다. 예영은 벌써 수십 번의 인터뷰로 사실이 아님을 토로했지만 정작 장쉬에 본인이 인터뷰를 일절 거절하고 입을 닫자 입방정을 떨기 좋아하는 기자들은 기사가 느는 것에 희열을 느끼는 듯 신나했다. 각국 기자가 한자리에 모여 만찬회를 하며 서로 의견을 주고받으면서도 보다 나은 신속하고 정확한 루머를 입수하기 위해 신경전을 벌였다. 신나는 것은 비단 기자들뿐만이 아니었다. 이미 중반부를 넘어선 드라마의 감독은 시청률이 사상 최대의 기록을 매회마다 거듭하자 벌써부터 각국에서의 러브콜로 기쁨에 충만해 있었다. 드라마의 수출만 해도 엄청난 수입일텐데 광고며 다음 작품까지 계산에 계산을 거듭해도 신줄이 났

다. 협찬사들은 장쉬에가 입었던 옷이며 신발 따위를 수
도 없이 찍어내야 했고 단 일초라도 드라마에 모습을 내
비친 상점들은 손님들을 맞기에 분주했다. 매일매일 추측
기사들뿐인 신문과 세트장으로 모여드는 전 세계 팬들과
입에 담지 못할 말들이 난무하는 인터넷들에서 공포마저
느끼게 하는 4월이 저절로 가고 있었다.

"나 혼자 들어갔다 올게요. 잠깐이면 돼요."

그녀가 현재 집에서 거주하고 있지 않다는 것을 알아서
였는지 집 앞엔 개미 새끼 하나도 얼씬대지 않았다. 불과
이틀 전만 해도 이 앞에서 촬영된 화면이 뉴스에까지 보
도되는 어처구니없는 사건이 있었음에도 오늘 드라마의
촬영이 있어서인지 그리로들 몰려간 모양이었다. 그래도
영식은 긴장을 늦추지 않았다. 형사라도 된 것 마냥 사위
를 둘러보며 수연이 집으로 들어간 후에도 관찰에 관찰을
거듭하고 있었다.

그러나 절대로 조용할 수 없을 시간에 정적이 흐른다면

130

한번쯤 의심을 가슴에 심어 두어야 한다. 영식은 순간 깨달았다. 절대로 용납 안 되는 정적은 먹잇감을 찾는 하이에나의 덫이라는 사실을. 아주 정확하고 계산된 공백의 시간을 포착하고 배고픈 하이에나는 먹잇감을 낚아채 어디론가 달아나고 있었다. 동족들은 어떻게 손을 써볼 여유도 없이 그들에게 수연을 내주고 만 것이다.

"예영씨! 정말 미안해요. 자세한 말은 나중에 하기로 하고 지금 수연씨가 어디론가 끌려가고 있어. 기자들 같지는 않은데 확실히는 모르겠고 지금 내가 쫓아가고 있긴 한데 예영씨가 경찰에 신고하고…."

예영의 손이 눈에 띌 만치 흔들렸다. 공들여 핸드폰을 닫고 초점을 잃은 눈으로 촬영장을 둘러보았다. 아주 가까이에 장쉬에가 있었다. 보기 좋게 멀끔한 정장차림의 그는 코디네이터의 도움을 받아 협찬사의 넥타이를 매만지고 있었다. 살짝 미소를 보이며 몇 마디를 주고받던 그가 다 되었다는 신호를 매니저에게 보냈다. 매니저는 느린 달림으로 감독에게 알렸다. 감독은 조연출에게 시작

사인을 보내고 조연출은 전 스텝에게 이를 알렸다. —이
바보야, 고작 니 사랑이란 게 이런 거니. 아무 보살핌도,
아무런 관심도 받지 못하고 함께가 아닌 너 혼자 이겨내
야 하는 것이 너에게 온 사랑이니. 살아줘. 부디 살아 있
어줘. 아직 너한테 난 아무것도 시작하지 못했어. 화도 내
야 하는데, 참 나쁘다.—

예영은 가슴이 떨렸다. 두려움과 후회가 동시에 밀려와
얼굴빛을 하얗게 물들였다. 수연은 아직 준비가 되어 있
지 않을 것이다. 그저 따귀 한 대 맞고 끝날 일이라면 이
런 두려움이 예영의 가슴을 빠르게 뛰게 하지는 못할 것
이다.

"감독님! 오늘 촬영 접죠! 지금 급하게 가봐야 할 데가
있네요."

"무슨 소리야 촬영을 접자니?"

"친구가 어떤 개자식 때문에 납치가 됐거든요…."

촬영장 안에도 순간 정적이 일었다. 그 조용함이 어찌나
크던지 시간까지 멈춰 놓은 것처럼 소름이 돋았다. 하지

만 그 소름 돋는 정적에도 아무런 표정에 변화가 일어나
지 않던 장쉬에가 기름을 붓고 나섰다.

"장난하나! 배우에겐 촬영이 우선이라는 걸 모르는 모
양이군."

전 스텝이 장쉬에를 바라보았다. 그에게서 불어오는 바
람이 어찌나 차갑고 냉랭하던지 사람들의 입과 행동을 꽁
꽁 얼어붙게 했다. 아무리 스캔들이라 할지라도 자기와
엮여 저 지경까지 몰려가고 있는 그녀를 대하는 태도는
여태껏 예의발랐던 그의 이미지를 바꿔 놓기에 충분했다.
당황한 스텝들이 웅성대기 시작했다. 자신도 모르는 사이
에 장쉬에의 곁에 다가간 예영의 손이 그의 뺨을 너리쳤
다. 정작 뺨을 빼앗긴 그는 꼼짝도 하지 않고 서있는데 예
영의 몸이 이리저리 흔들렸다.

"널더러 도와달라고 말한 게 아냐!"

＊＊＊

핸드폰 줄로 인해 손가락이 아파 왔다. 돌돌 말려져 매듭지어진 줄이 혈관을 짓누르고 있었다. 예영은 그것을 다른 한 손으로 단번에 잡아 빼보려 했지만 더욱더 손가락이 조여져 고통스러웠다. 이번엔 한 올 한 올 차근차근 풀어보려 애썼지만 쉬이 풀리지가 않아 짜증스러웠다.

"누가 이것 좀 풀러줘!"

인생의 거의 절반을 살았다면 살았다. 살아갈 반의 매듭이 지어진다면 지금이었으면 싶었다. 곧고 깔끔하게 마무리되어 다시는 엉키지 않을 새로운 인생의 길을 걷고 싶었다. 늘 불안정하고 언제나 고되기만 했던 삶. 그 인생의 종지부를 찍고 사랑하는 사람과 함께 새 삶을 살고 싶었다. 그러나 그 시작은 처음부터 풀 수도 없을 만큼 얼기설기 엉켜가고 있다. 이쯤이면 불행의 끈이 자신을 풀어줄지도 모른다고 생각했다. 엄마, 아빠, 수연, 장쉬에. 세상에 단 하나 밖에 없는 사람들. 가족과 친구와 연인. 그 사람들을 모조리 빼앗길 운명의 주인공이 자신이라는 것이 예영은 억울했다. 어째서 모든 불행은 자신을 그냥 지나치지 못하는 것인지 마음이 아렸다. 숨어 있는 것도 아닌데, 감추고 있는 것도 아닌데 어째서 행복은 자신을 찾아내지 못하는 것인지 안타까웠다. 행복해지고 싶었다. 그것은 보상심리도 그 어떤 것도 아니었다. 단지 살고 싶었다. 늘 가슴 안에 칼을 품었던 자리가 날에 베여 줄줄 피가 흘러서 다만 이제는 뽑아내고 싶었던 것뿐이다. 하지만 그 칼날은 더욱더 예영의 가슴을 깊숙이 찔러댔다. 예영은 손톱 손질용 가위를 꺼내 핸드폰 줄을 잘랐다. 줄을 자를 때 난 상처에서 피가 흘러 나왔다. 피는 서서히 줄을 물들이며 매듭을 풀었다. 잘려진 줄이 더 이상 핸드폰을 지탱하지 못하고 밑으로 떨어져 내렸다. ―훗 이래야 한단 거지! 이 지긋지긋한 삶을 끝내려면.―

“미안해요.”
“유실장님 잘못이 아니잖아.”
“하지만….”

영식은 더 이상 대답이 없는 그녀를 돌아다보았다. 핸드폰 줄 따위에 목을 매고 있는 그녀가 곧 감정의 폭발을 시도할 것처럼 불안해 보였다. 영식은 급커브를 돌며 다시한번 룸미러를 통해 그녀를 바라보았다. 경찰서에서 나오면서 촬영장으로 돌아가는 지금까지 그 누구와의 시선도 마주치지 않고 있는 그녀를. 그녀는 지금, 현재 자신의 삶으로부터 시선을 피하고 있는 것이리라.

"이 핸드폰 줄 말이야. 다시 이으면 쓸 수 있을까?"

예영은 아까부터 계속해서 끈을 복구시켜 보려 애썼지만 짧은 줄은 쉽게 매듭지어지지 않았다.

"어째서 이 모양이지!"

약간의 현기증이 느껴진 예영은 눈을 감아 버렸다. 생각이 한 곳으로 몰려 있는 것처럼 눈동자가 한 곳에 너무 오래 집중되어 있자 속이 메스꺼웠다. ──**살아 있어줘 제발!**──

온기라고는 하나 없는 집 안에 들어섰을 때 수연은 생각했었다. 이곳에 사람이 살긴 했었는지. 도대체 어떤 사람이 살고 있었길래 이리도 온기가 없는 것인지를. 누군가의 눈에는 보이지 않을 공기마저 얼음덩이처럼 단단히 굳어진 느낌이었다. 모든 게 그대로였다. 그날 아침, 커피를 마시기 위해 가스레인지 위에 올려놓았던 주전자도, 청소를 하기 위해 꺼내 놓았던 전기청소기도 그대로 거실 한가운데 놓여져 있었다. 널어놓았던 빨래들도 이미 바싹 마른 것 같았고, 마저 끄지 못했던 욕실의 불도 그대로 켜져 있었다. 수연은 가스 불을 다시 한번 확인하고 욕실의 불을 끈 다음 주전자의 물을 쏟아 헹궈서 엎어놓고는 빨래들을 개었다. 그리고 옷가지들을 챙기기 위해 방문을 열었을 때 수연은 소스라치게 놀라 바닥에 주저앉고 말았다. 모든 것들이 그대로인 가운데 방 안을 가득 메우고 있는 여러 명의 사람들만이 새로웠다. 수연은 그대로 온기조차 없는 사람들과 함께 차에 태워져 어디론가 끌려와 눈을 뜨려 안간힘을 쓰고 있었다. 온 몸에서 눈내가 났다.

무언가가 심하게 엉겨붙어 악취를 내고 있었다. 그것이 자신의 피가 내는 냄새라는 것을 안 것은 밥풀 눈같이 벌겋게 멍든 눈을 억지로 뜬 후 꽁꽁 묶여 의자에 앉아 있는 자신의 모습을 인식한 후였다. 이미룩 저미룩하다가 미뤄져 깎지 않았던 손톱 끝부터 발끝까지 아무런 감각도 느끼질 못했다. 그저 몽롱하고 온 몸이 깃털처럼 가벼워진 것도 같다가, 철근처럼 무거워진 것도 같다가 어깨를 조금만 들썩여도 깨어질 듯한 아픔이 느껴졌다. 무엇보다도 수연은 역하게 올라오는 냄새가 싫었다. 마른 피가 내는 냄새보다도 오래된 지하실의 냄새는 구역질이 났다. 언젠가 수연은 이 같은 냄새를 맡아본 적이 있다. 초등학교에 막 입학한 수연이 미술시간에 그린 엄마, 아빠는 외할아버지의 심기를 건드리기에 충분했다. 살아있지도 않은 사람을 무엇에 쓰려고 그렸냐며 호통을 치셨을 때 어린 수연은 감히 상상도 할 수 없는 용기를 내어 할아버지의 손에서 그림을 빼앗아 들었다. 그리고는 곧바로 커다란 저택의 쾌쾌한 지하실에 갇혔다. 어찌 그립지 않을 수 있었겠는가. 어떻게 그 어린아이가 엄마와 아빠라는 이름을 그리워하지 않을 수 있단 말인가. 그 뒤로 수연은 절대로

엄마, 아빠를 마음 밖으로 내지 않았다. 그것은 할아버지
가 무서워서도, 지하실에 갇히는 것이 두려워서도 아닌
그 구역질나는 냄새들 때문이었다. 군데군데 스며든 빗물
들이 작은 웅덩이를 이뤄 만든, 문을 시작으로 벽을 따라
빙 둘러져서 웅성웅성 모여 있는 곰팡이가 내는 냄새들은
감당하지 못할 만큼 역겨운 것이었으므로. 똘똘 뭉친 어
린아이의 오기는 그 냄새들을 이기지 못하고 의식을 잃었
었다. 수연은 다시 의식을 잃을 것만 같았다. 잡아먹을 듯
한 거대한 냄새들이 마음과 생각까지 빼앗아 달아나 버릴
것만 같았기 때문이다. 수연은 그 때와 같은 일이 벌어질
까 두려워 생각과 마음을 빼앗기지 않으려 마지막 남은
힘을 다해 고개를 들어 정면으로 보이는 사람들을 바라보
았다.

“괜찮아 보이는데?”

신음소리도 나오질 않았다. 당찬 여자의 음성에 대답보
다는 질문이 하고 싶었으나 아랫입술과 윗입술이 핏기에
달라붙어 떼어내는 데만도 조금의 시간이 걸렸다.

“당신들은 누군가요?”

입 안이 촉촉하게 적셔졌다. 입술을 떼어내는 작업에서
흘러나온 핏물이 수연의 혀를 자극하자 비릿함에 속이 울
렁거렸다.
“널 데려갈 천사들~.”
가운데 중앙에 선 여자가 대답하자 한 무리의 사람들이
큰 소리로 웃었다.

“나한테 왜 이러는 거죠?”
“그걸 왜 우리한테 묻지?”
“그럼 누구에게 묻죠?”
“너한테!”
“난 이곳에 온 이유를 몰라요.”
“당돌한 걸! 좋아 그래야 흥미로울 테니까!”
“말해 주세요. 왜 내가 이곳에 있어야 하는지.”
“너한테 물어보면 빠를 텐데! 머리가 좋질 않은 가봐?
넌 죄를 지었어. 우리 것을 탐한 죄! 우리 것을 훔친 죄!
우리 것에 흠을 낸 죄! 더 말해야 해?”

“무슨 말인지 알아듣게 얘기해 주세요.”

순간 가운데 여자의 발이 수연의 배를 힘차게 강타했다. 늘어지듯 앉은 나무의자 다리 부분이 충격에 못 이겨 뒤로 밀리자 상황에 맞게 소름끼치는 음향효과까지 그들과 완벽한 하나가 되어 외마디 비명소리조차 초라하게 만들었다.

“이제는 알려나?”
여자의 말에 사람들이 또 한바탕 크게 소리를 내어 웃었다.

“몰라? 이래두?”
여자는 수연의 머리칼을 한줌 낚아채 떨어졌던 고개를 바르게 들어 올렸다. 힘없이 따라 올라온 고개가 다시 떨어져 내렸다.

“독한 년!”

이번에는 소리내어 웃던 사람들의 손과 발이 사정없이 닥치는 대로 수연의 몸에 닿았다 떨어졌다. 퀴퀴한 공간이 웃음소리와 신음소리로 채워져 붐볐다. 그 순간 수연은 모든 것을 자신의 것으로 생각했던 그녀를 떠올렸다. 채진경! 그녀를 처음 만난 것은 집에서 멀리 떨어져 있던 공원에서였다. 입시 준비로 한창 늦은 귀가가 계속 될 무렵, 버스에서 내려 집으로 걸어오다가 잠시 공원에 들러 하늘을 바라보고 있었다. 그때 그녀와 여러 명의 또 다른 그녀들이 수연을 향해 다가왔고 들고 있던 모든 것들과 겉옷, 신발 따위를 조용히 빼앗고 그 다음에도 여러 차례 수연의 물건들을 갈취해 갔다. 처음엔 빌려 달라고 말했고 다음엔 내놓으라고 말했었다. 예의가 바른 것 같으면서도 비열한 그녀들은 자신의 것들을 수연이 가지고 있었던 것처럼 아주 자연스럽게 요구했다. 그러던 어느 날, 그녀들을 학교에서 만났다. 같은 학교를 다니고 있는 것조차 몰랐음에도 그녀들은 학교 옥상으로 곧잘 불러내 자신들의 행동을 발설하면 죽을 줄 알라며 협박을 해댔다. 사실 수연은 관심도 없었다. 중요하지도 않은 물건들이 새어 나간다 해서 알 사람도 없었거니와 그녀들의 행동이 잘못된 것이라고도 생각하지 못했다. 있는 것만으로도 죄가 되던 사람이 다른 죄를 비난할 여유는 없었다. 하지만 그들은 자신의 허물을 덮으려 자꾸 더 큰 협박으로 수연을 위협했다. 그리고 졸업식이 되었다. 끝까지 아무 말도 하지 않고 끊임없이 '바른 상납'을 하며 지내 준 수연에게 그들이 마지막으로 남긴 말은 바로 '독한 년'이었다. 그래도 수연은 억울해 하지 않았다. 슬퍼하거나 노여워하지도 않았다. 조금의 분노도 없었다. 다만 생각했다. ─나는 있는 것만으로도 죄가 되는 사람일 뿐이야.─

수많은 의식들이 차례차례 전원을 끄고 있었다. 작은 세포 하나까지도 열어 놓았던 문을 서둘러 닫는 느낌이 났다. 어느 순간에도 끝이 아니면 멈추지 않을 거라고 호언하던 심장마저 박동 수를 줄였다. 수연은 그녀 안의 모든 것들이 방식을 바꾸고 변화하고 있음을 느꼈다. 그 순간 수연은 신기하게도 왜 그곳에 와 있는지 알게 되었다. 숨 쉬고 있는 마지막 순간에 떠오른 사람으로 인해. ─나는 있는 것만으로도 죄가 되는 사람일 뿐이야.─

＊＊＊

"아직? 아직이라구요? 벌써 사흘째야. 죽은 시체라도 찾아와야겠다구요 난!"

온 세상이 수연의 납치사실을 안지 사흘이 흘렀다. 각 종 신문들과 인터넷에선 그녀의 죽음을 알리는 추측 기사들이 날마다 배가 되어 불어났고, 우리나라 경찰들만이 아닌 물 건너 온 경찰들까지 동원되어 그녀의 행방을 찾고 있었지만 깜깜 무소식이었다. 몇 년 전, 우리나라에서 치러져 사강에 올랐던 월드컵 경기 때보다 많은 사람들이 그녀의 소식을 기다리고 있었지만 각기 다른 바람들로 그녀를 기다리고 있었다. 스스로 목숨을 끊었을 거라는 둥, 스토커 팬들에게 끌려가 고문을 당하다 결국엔 죽고 말았을 거라는 둥, 아니면 장쉬에가 어딘가에 숨겨 놓고 몰래 돌보고 있을 거라는 둥의 추측 기사들이 판을 치고 있었지만 정확한 소식을 아는 사람은 아무도 없었다. 어떤 사람은 두 팔 다리가 잘려 더 잔인한 몰골로 돌아오길 바라는 사람도 있는가 하면 어떤 사람들은 어쨌거나 아무 탈

없이 돌아와 주길 바라는 사람도 있었지만, 그것은 아주 소수에 불과했다. 그만큼 장쉬에의 영향력은 컸다. 그의 눈길 하나가 사람을 살리기도 하고 행동 하나가 사람을 죽이기도 했다. 말 한마디에 아시아가 웃고 눈물 한 방울에 아시아가 울었다. 그런 사람인데도 장쉬에는 아무 일도 없는 사람처럼 착실하게 촬영을 진행하고 있었다. 단한번쯤은 수연의 행방을 걱정하고 그녀를 위해 사소한 행동이라도 취해 주면 좋으련만 그는 자신과는 전혀 상관없는 표정으로 늘 촬영에 임했다. 하지만 사람들은 그를 향해 단 한 명도 손가락질을 하지 않았다. 아무리 자신이 좋아하는 사람 편에 서는 것이 당연한 처사라 할지라도 그런 냉혈인에게의 손가락질은 인간애로도 구분되련만 아무도 그를 나무라지 않았다. 그런 사람을 예영은 사랑하고 있었다. 죽을 만큼 밉고 화가 나는데도 그 사람을 버릴 수가 없었다. 그 사람으로 인해 수연이 납치를 당하고 하루하루가 고문처럼 느껴지는 날들을 보내고 있는데도 그를 향해 있는 마음을 거두어 들일 수가 없었다. 예영은 그런 자신이 역겨웠다. 그 사람의 반대편에 서있는 것처럼 욕을 하고 손가락질을 해도 결국은 그 사람 편에 서있는 자신이 못 견디게 저주스러웠다. 살았는지 죽었는지조차 알 수 없는 친구의 행방 앞에서도 그 사람을 사랑하고 있는 자신이 부끄러워 소름이 끼쳤다. 하지만 그렇다고 해서 장쉬에의 사랑을 한 몸에 받고 있는 예영도 아니었다. 아무리 간격을 좁혀 다가가 그 사람의 가슴을 두드려도 아무런 소리가 나지 않았다. 분명 가슴에 있는 사람인데 없는 사람처럼 문을 잠그고 열어주지 않았다. 그 안에 혼자 있는 것인지 아니면 다른 누군가와 함께 있는 것인지조차 알 수 없었다. 그런 그를 보면서 예영은 후회했다. 그를 사랑하자고 억지로 되지 않는 사랑을 강요했던 자신을. 그 사랑이 진심이 될 거라고는 생각하지 못했다. 자신의 과거에 대한 보상 심리에 대한 결과가 불확실하게 돌아가자 그때서야 후회하고 있지만, 후회는 늦었다는 것임을 예영은 알고 있었다. 차라리 자신의 사랑을 그가 몰랐더라면, 마음을 숨기고 친구라도 하자했으면 수연의 사랑으로 인정하고 모른 척 물러날 수도 있었다. 하지만 모든 것이 다 늦어 있었다. 이제는 길이 아니어도 갈 수밖에 없는 것이다. 사람들은 길로만 다니는 것이 아니라지만 자신이 가고 있는 이 길이 곧 길이 될 거라고 우겨 보아도 허가가

날 것 같지 않지만, 어디든 들어서면 돌아간다 하여도 갔
던 길을 기억할 수밖에 없는 것이 사람인 것이다. 예영은
수연의 죽음을 기정사실로 받아들이는 수사과장과의 전화
를 끊고 차에서 내려 잠시 걸었다. 영식이 따라 내려 그녀
의 뒤를 돌봐주었다. 예영을 알아 본 사람들이 이냐 모여
들어 곁에서 함께 걸으며 사진 따위를 찍어 댔지만, 예영
은 아무것도 눈치채지 못했다. ─자자! 제대로라도 걸어
보라구!─

***

“듣기 싫어!”

“들어야 해.”

“……”

“정말 안 찾을 거야?”

“무슨 말을 하는 건지 모르겠군!”

“벌써 일주일이야. 더 이상 시간을 버려선 안 돼.”

“케리. 난 무엇도 할 수 있는 사람이 아니야! 잊었나?”

“너의 매니저로 십년을 넘게 일해 왔어. 넌 그 무엇도

할 수 있는 사람이었어.”

“잘못 봤어!”

“넌 겁이 난 것 뿐이야.”

“그렇지 않아.”

“그래.”

“그래서 어쩌라는 거지?”

“그녀를 찾아.”

“내가 다가가면 더 멀어질 텐데도?”

“물론.”

“내가 손을 내밀면 이보다 더 한 일을 겪게 할 텐데도
그래야 하나?”

“지금은 그래.”

“그 지금이 지금을 만들어 냈어.”

“용기를 가져.”

“용기! 그게 뭘 할 수 있지?”

“그녀를 구해낼 수 있을 거야.”

“그럴 수 없어.”

“어떻게 장담할 수 있지?”

“단 한번 용기를 냈었어. 감정에 솔직하자고. 그때의 지

금이 지금을 만들어 냈는데도 충실해야 하나?"

"아마도."

"아마도? 난 확실한 걸 원해."

"세상에 확실한 건 그 어디에도 없어."

"그렇다면 난 그만 두는 게 좋겠군."

"쉬에! 제발 니 자신을 믿어."

"피곤해 나가줘!"

떠밀리듯 나온 케리가 응접실에 앉아 담배를 피워 물었
다. 길게 몇 모금을 빨다가 이내 꺼버린 꽁초들이 재떨이
로 한가득 넘쳐났다. 케리가 수연을 만난 것은 사진 속에
서 먼저였다. 한국으로 오기 전 케리는 쉬에로부터 디지
털 카메라를 건네 받았다. 단아한 동양여자가 외국 어느
곳인지 알 수 없는 곳에서 먼 곳을 응시하고 있는 단 한
장뿐인 사진을 조용하게 인화해 달라는 부탁으로. 케리는
그의 부탁대로 자신이 찍은 양 사진을 인화해 쉬에에게
주었다. 그 사진 속의 주인공이 여자라는 것이 케리를 놀
라게 했지만 아무것도 묻지 않았다. 십여 년을 넘기 친구
로, 매니저로 그와 함께 하면서 개인적인 부탁은 단 한번

도 하지 않았던 그였기에 그것을 멋지게 인정해주고 싶었다. 그러나 대만에서 떠나기 전 날 밤, 그가 다시 한번 그에게 부탁을 해왔다. 사진 속의 주인공을 은밀하게 찾아봐 달라고. 그리고 그 주인공을 찾기도 전에 첫 미팅에서 그녀를 만날 수 있었다. 케리는 그간 아무것도 묻지 않고 아무 말도 하지 않았다. 사진 속에서 처음 만났을 때부터 그녀가 사라진 지금에 이르기까지도. 하지만 지금은 사정이 달랐다. 쉬에에게 있어 그녀의 존재가 어떤 것인지 직감으로 알 수 있었기에 더욱이 모른 척할 수가 없었다. 쉬에는 단 한번도 그녀를 모른 척하지 않았다. 오히려 모른 척했다면 처음부터 맘놓고 그녀를 만났을 것이다. 하지만 자신의 처지를 누구보다도 잘 알고 있었던 쉬에는 터놓고 그녀를 모른 척해야만 했던 것이다. 그 누구도 모르게 모른 척해야 한다는 것이 얼마나 괴롭고 쓸쓸한 것인지 정작 본인말고는 아무도 알 수 없는 것일 테지만, 지난 십년을 한결같이 함께 해 온 케리는 어렴풋이 이해할 수 있었다. 쉬에의 모른 척은 처음이 아니었다. 어머니를 향해 그리고 양선을 향해. 나머지는 자신을 향해.

쉬에에겐 늙고 병든 어머니가 계셨다. 카이라고 부르는 얼굴 모르는 아버지에게 버림받아 깊은 병 속에서 아직도 깨어나지 못하는 어머니가. 아버지를 닮은 장성한 자식을 자신의 연인으로 착각하고 카이라 부르며 얼굴에 입을 맞출 때마다 쉬에는 어머니를 향해 모른 척을 해야 했다. 20년을 넘게 친구라는 이름으로 지내 왔고 필요에 의해 연인이 된 이후에도 모른 척을 해야만 하는 양선의 사랑과 지금의 자신마저도 모른 척을 할 수밖에 없는 데는 나름대로의 이유가 있었다. 하지만 그가 겪었을 고독함이나 쓸쓸함 따위는 그대로 쉬에의 몫이었다. 그 어느 누구도 그의 고통을 알 수 없었다. 아니 알려고도 하지 않았다. 그저 겉모습의 장쉬에만을 그들은 원했다. 부드럽고 때로는 거칠며, 이기적이기도 하다가 때로는 이타적이기도 한. 완벽하지도 완벽하지 못하지도 않은 그의 모습이 그들을 웃고 울게 할 뿐이었다. 사람들은 자신이 만들어 놓은 틀 안에 쉬에를 가두고 그 속에서 한 발자국만 나오려 해도 온 몸을 던져 필사적으로 자신이 만들어 놓은 쉬에를 지켰다. 세상 전부를 다 가진 듯 보이는 쉬에는 그 틀 안에 갇혀 꼼짝달싹도 할 수 없는 사람이 되어 버린 것이다. 그 사실을 쉬에도 알고 있는 것이리라. 자신이 아무것도 할 수 없는 사람이라는 것을. 그 틀 안에서 탈출을 시도라도 한다면 자신이 어렵게 지켜내었던 모른 척을 해야만 했던 그들이 이겨지지도 않을 고통을 생으로 다 받아내고 아파할 것임을. 케리가 생각을 마치고 다시 담배를 찾았다. 하지만 이미 한 개비의 담배가 케리의 입술에 물려 있었다.

─카이! 넌 그 무엇도 이겨낼 수 있는 사람이야.─

***

상쾌한 아침이다. 수연은 간밤에 기분 좋은 꿈을 꾸었다. 커피를 마시기 위해 주전자에 물을 받아 가스 불에 올리면서도 내내 가슴이 설레었다. 낡은 집이었지만 그 안에는 없는 것이 없었다. 처음으로 장만해 개조를 마치고 이사한 집은 낯설지 않은 온기들이 그득했다. 누군지 알 수 없는 남자와 아이들도 있었고 웃음도 끊이질 않았다. 풍성한 저녁 식사를 마치고 음식물 쓰레기봉투를 집 앞에 가져다 놓고 들어오는 길에 양옥 집 처마 밑에서 노란 비닐 봉투의 끝이 새싹처럼 고개를 바짝 들고 있는 것을 발견하고 그것을 파내기 시작했다. 비닐봉지에 쌓여진 단단한 상자를 열자 누런 봉투가 나왔다. 그 앞에는 이런 문구가 써 있었다. ―이것들을 발견하게 될 어느 소중한 분에게.― 수연은 그것을 가지고 올라와 처마에 앉아 펼쳐보았다. 오래된 녹음테이프, 노트, 사진. 제일 먼저 노트를 열었다. 그리고 다음 문구를 발견했다. ―우리들의 사랑 이야기 한번 들어 보실래요.― 거기서 꿈이 끝났다. 주전자가 커피를 마시기에 좋은 온도가 되었음을 알리자 수연은 살짝 미소를 지었다. 곧 어느 시대 어떤 사람의 사랑이야기를 커피를 마시며 훔쳐보게 될 것 같은 기분에 마음이 바빴다. 커피 두 스푼에 설탕 한 스푼. 적당히 닷있는 커피의 비율. 수연은 커다란 머그잔에 커피와 설탕을 넣고 따뜻한 주전자의 손잡이를 잡아 물을 부었다. 아니 물을 부으려 했다. 그러나 한 가득 받아 끓인 물은 주전자에서 한 방울도 나오질 않았다. ―이상하네? 분명 물을 넣어 끓였는데.― 수연이 다시 물을 받기 위해 수도꼭지를 올렸다. 하지만 좀 전만 해도 철철 흘러나오던 물이 절수되어 나오질 않았다. ―물이 있어야 할 텐데. 난 지금 물을 원해.―

“원한다면 얼마든지.”

꿈에서와는 또 다른 기분 나쁜 웃음소리가 사람들에게서 들려왔다.

“어때! 그만하면 충분하지 않아?”

꿈이었다. 꿈이 또 다른 꿈을 꾼 것이다. 꿈과 꿈 사이에서 그리고 꿈과 현실 사이에서 어느 것이 현실이고 꿈인지 수연은 제대로 분간할 수가 없었다. 단지 지금은 커다란 고무다라에 담긴 물을 수연의 몸에 들이붓고 신명나는 웃음소리를 내는 사람들이 수연의 앞에 죽 늘어서 있는 꿈인지, 현실인지 모를 장면에 있었다.

“널 기다리느라 심심해 죽는 줄 알았어. 자! 이제 우리에게 즐거움을 선사할 차례야!”

수연은 눈을 뜨려 안간힘을 썼다. 한 쪽 눈이 부어 올라 제대로 떠지질 않았다. 아니 부어오른 것이 눈인지, 입인지조차 제대로 알 수가 없었다. 얼굴과 몸의 부분 부분들이 서로 위치를 바꿔 있는 것처럼 아픈 부위를 제대로 인식해 내지 못했다. 그간 물세례와 고문들이 몇 차례 있었

는지, 예전과 같은 밤이 오고 갔는지, 자신이 살아 있기는
한 건지조차 분별이 되지 않았다.

"그렇게 애쓸 필욘 없어. 오히려 나머지 한 쪽 눈마저
감아야 할 테니까."

아주 기분 나쁜 목소리다. 작지만 명확한, 딱딱하지만
느물느물한. 어디에서도 들어 본 적 없는 소름 돋는 목소
리에선 어둡고 강한 힘이 느껴졌다. 강한 힘이란 좋은 의
미에서 보면 넉넉하다는 것이겠지만, 어떤 의미에서 보면
지나친 것이다. 지나친 것은 약한 자들에게는 두려움이
되고 강한 자들에게는 적대감을 준다. 수연에게 있어 그
녀의 목소리가 두려움이 되는 것은 당연한 일이겠지만 또
다른 그녀들에겐 적지 않은 적대감을 주고 있는 것 같았
다. 강한 그녀가 웃으면 따라 웃고, 시키면 시키는 대로
따르는 것에서 약간의 느낌을 받을 수 있었다.

"우리가 너무 했나? 전혀 알아 볼 수가 없군!"

억지로 자아내는 웃음들에 또 한번 구역질이 날 것간 같
았다.

“어때, 괜찮아?”

그 때 수연은 웃지 말았어야 했다. 아무리 일그러진 얼굴이라도 웃음과 슬픔은 분간될 수 있는 것이므로. 하지만 수연은 주저앉아 있는 표정들을 일으켜 세워 웃었다. 그 웃음이 그들을 향했던 것이 아니고 자신을 향했던 웃음이라고 말할지언정 달라질 것은 없겠지만, 그들의 비위를 건드리기에는 충분한 이유였다. 하지만 그들도 그 때 그런 질문을 하지 말았어야 했다. 피를 철철 흘리고 있는 사람을 보면서 안부를 묻는 것은 처음부터 대답을 기다리는 질문이 아닌 것이다. 아무런 믿음도 바람도 없는 사소한 호기심은 피를 흘리는 사람에겐 자신의 처지를 확인시켜주는 것 외엔 아무런 도움도 되지 않는다는 것을 알아야 한다. 수연이 웃자 그들의 웃음소리가 단번에 멈춰졌다.

“웃어? 웃었어? 우리가 우습니?”

두렵다고 말하고 싶었다. 하지만 무슨 말을 해도 그들은 믿지 않을 것이다.

“그래 좋아 그건 너의 마지막 웃음이었어. 우리가 너에게 베푼."

그들이 다시 소리를 내서 웃기 시작했다.

"선물이 또 하나 있어! 아주 맘에 들 거야."

가운데 그녀가 음흉한 눈빛으로 손짓을 하자 그들 중 한 명이 플라스틱으로 만들어진 그릇을 수연에게 내밀었다.

"그동안 고생 많았어. 우리가 일을 진행하는 동안 니가 중간에 견디지 못하고 어떻게라도 될까봐 걱정했는데 계획에 차질이 없게 해줘서 매우 고맙게 생각해. 짧은 만남이었지만 우린 아주 즐거웠어. 이젠 편히 쉴 수 있을 거야. 아참! 배고프지? 준비한 게 있었는데 깜빡할 뻔했네! 마지막 가는 길인데 배를 곯아서는 안 되지. 암 안 되고 말구. 아 맞다. 또 잊을 뻔했네. 니가 기억해 둬야 할 일이 있어서 말야. 삶이 주는 기대는 그렇게 덥석 받아 무는 게 아냐. 그게 다 독이 되거든. 너 같은 년은 그냥 평범한 채로 살게 됐어야 했는데, 희망은 뭐하러줬을까 생각해 봤니? 죽음의 진실한 변명. 그 마저 없었다면 네 죽음이 너무 무미건조하지 않았겠어? 우릴 원망은 마. 우린 충실할 뿐이니까."

　―그럼 너희들이 파수꾼이니?― 수연은 진심으로 묻고
싶었다. 정말 그들이 파수꾼이라면 이대로 조용히 그들을
따르고 싶었다. 편안해질 그 곳이 더 이상의 고통과 모멸
감도 없는 곳이라면 그래도 좋을 것만 같았다. 아직 그들
중 한 명은 플라스틱 그릇을 들고 서서 수연의 입 가까운
곳에 대고 있었다. 자신의 고통을 덜어달라는 애절한 눈
빛으로 수연을 바라보며 빨리 먹어 치우라는 시늉을 해
보였다. 수연은 그릇 속에 담긴 내용물을 바라보았다. 며
칠 째 아무것도 먹지 않은 입에서 그것이 독인 줄도 모르
고 입맛을 다셔댔다. 파수꾼들은 손 하나 까딱하지 않고
적을 보낸 마지막 날을 기리기라도 하려는 듯 무척이나
흥분돼 보였다. 수연은 파수꾼들을 차례차례 바라보았다.
―너희가 모르는 게 있어. 난 아무것도 받아 물지 않았어.
그냥 살았을 뿐이야.― 비장함만이 감도는 그들에게 한번
쯤은 말하고 싶었다. 그냥 살았을 뿐이라고. 살고 싶어서
산 것이 아니라, 살아 있어서 그냥 살았을 뿐이라고. 사랑
받고 싶어서 사랑한 것이 아니라, 사랑이어서 사랑하게

된 것뿐이라고. 수연은 눈을 감았다. 그리고 그를 떠올렸다. ―당신은 내가 이렇게 간다 해도 고마운 사람이었어.― 새로운 세계를 보여주고 사랑이라는 느낌을 알게 해 준 또 하나의 사람, 나의 친구 한예영. 어쩌면 해프닝으로 끝날 삶에도 적지 않은 사람들을 기억해야 했다. 그리고 생각했다. 신이 정해 둔 삶에 대하여. 성경은 말한다. 스스로 목숨을 끊는 자는 지옥에 가게 되리라고. 이 모든 것이 신이 정해 둔 삶이라면, 그래서 이 순간 스스로 목숨을 끊게 된다는 것조차 정해져 있었다면, 지옥행은 이미 정해진 운명인 것이다. 아무리 세상을 착하고 열심히 살았다 해도 피할 수도 거스를 수도 없는 것이 운명인 것이다. 선택받지 못했다고 해서 억울해 할 필요는 없었다. 다만 그것이 내가 아니라고 해서. 생각을 정리한 수연이 감았던 눈을 떴다. 그리고 팔이 아프다며 짜증을 부리는 그들 중 한 명이 들고 있던 플라스틱 그릇으로 입을 가져갔다. 달콤한 냄새가 입안 가득 침을 모았다. ―어쩌면 행복한 결말일지도 몰라.―

4

어떤 사람들은 참 쉬이 이겨내고, 어떤 사람들은 죽을 만큼 힘들어도 결국엔 이길 수 없는 두 종류의 사람들이 있다. 좀 더 억울하게 말하자면 좋은 팔자, 나쁜 팔자가 따로 있다는 것인데 한 단계 더 잔인해지자면 쉬이 이겨내도 행복을 모르고, 죽을 만큼 힘들어도 불행을 모르는 사람들이 이 세상에서 공존하며 살아가고 있다는 것이다. 거기에 애써 하나를 더 보태자면 뭘 해도 되는 선택받은 자들은, 죽을 똥을 싸도 될 수 없는 사람들에게 다만 능력이 없어 그런 거라며 무시를 일삼는다. 승자도, 패자도 처음부터 알 수는 없지만 그 누군가에 의해 이미 정해져 버

린 것, 그것이 바로 운명인 것이다. 인정한다. 그러나 인
정할 수 없는 단 하나는 운명은 능력이 아니라는 것이다.
우리는 정해진 운명에 대항하는 것이 아니라 무시를 일삼
는, 선택받은 자들에게 화를 내고 있는 것이다.

'출입금지'
―출입금지? 출입금지라고? 난 이렇게 급한데 글씨 따
위가 날 막아?―

예영이 응급실 앞에 주저앉아 있었다. 의사와 간호사들
이 몰려나와 그녀의 난동을 저지해 보려 했지만 막무가내
인 예영을 통제할 수가 없었다.

"그녀에게서 손떼지 못해요!"

영식은 예영을 일으켜 세워 의자에 앉혔다. 가는 그녀
의 몸이 벌벌 떨리고 있었다.

"이걸 좀 마셔요. 그리고 진정해요. 내가 어떻게든 해볼

테니."

"빨리 만나고 싶어."

예영은 될 수 있으면 빨리 그녀를 만나고 싶었다. 아무도 없는 병실 안에서 쓸쓸히 혼자 아파하고 있을 그녀가 걱정되어서가 아니었다. 누구나가 상처에 대한 소화 능력을 타고나는 법이기에 그녀 또한 어떻게든 이겨내고 있을 것이다. 하지만 예영은 보다 먼저 자신이 걱정되었다. 그녀가 자신을 만나려 들지 않을까봐서. 홀로 그 많은 일들을 치러내면서 자신을 원망하고 있을지도 모른다는 생각에 두려웠다. 피해자는 편히 자도 죄를 지은 사람은 다리조차 뻗고 잘 수 없다고 했던가. 그녀가 사라졌던 시간에 예영은 일분일초도 편할 수 없었다. 겉으로 드러난 죄가 아니더라도 마음속에 품었던 이기적인 생각들이 예영의 양심을 조여 왔기 때문이다. 그녀를 자신의 은밀한 공간에 감춰두고자 했던 이유를 예영은 정확히 설명할 수 없었다. 진심으로 그녀를 보호하고자 했던 것인지, 아니면 장쉬에에 대한 자신의 감정을 보호하고자 했던 것인지를. 그래서 갈 수 없었다. 뻔히 홀로 아파하고 있을 그녀를 알

면서도 한번도 그녀를 들여다보지 않았던 것은 혹여 그녀
가 자신의 그런 마음을 눈치라도 챘을까 내내 불안하고
겁이 나서였다. 그녀를 찾아냈다는 소식을 받고서 한 걸
음에 달려 병원까지 왔건만 그 앞에서 예영은 또 겁이 났
다. 어쩌면 자신을 막고선 '출입 금지'라고 써있는 팻말
앞에 감사를 해야 할지도 몰랐다. 용서를 빌 자신, 솔직히
자신을 말하고 그녀 앞에서 떳떳할 자신이 없었다. 그 용
서와 솔직함이 무엇을 뜻하는지 잘 알고 있었으므로. 예
영은 두 무릎에 자신의 얼굴을 묻었다.

"들어가 봐요."

막상 '출입금지'라는 팻말이 떼어지고 나니 쉽게 문을
열 수가 없었다. 문 안에 그녀가 모르는 무엇이 있는 것도
아닌데 공포감에 휩싸여 문고리를 잡은 손이 창백하게 떨
렸다.

"괜찮니?"

"응."

"바보! 이런 바보 같은 질문을 하다니."

164

“정말 괜찮아.”

“그걸 나더러 믿으라구? 내가 철철 피를 흘리고 있대두 괜찮다면 넌 믿어줄거니?”

　일주일하고도 이틀이 흘렀다. 그녀가 사라진 아흐레 동안 예전의 모습은 조금도 남아 있지 않은 것처럼 보였다. 삼년이 흘러야 강산이 변한다고 하였던가. 하지만 그녀 앞에선 아홉 날이 아닌 삼년인 듯 느껴졌다. 목소리가 아니었다면 알아보기 힘든 그녀의 모습 앞에 예영은 더럭 겁이 났다. 그녀에게 무슨 일이 일어났던 것인가. 어떤 고통이 그녀를 휩쓸고 지나갔던 것인가. 자신이 알고 있는 고통의 깊이를 생각해 보아도 그녀의 모습만큼은 느끼지 못할 것 같았다. 붓고 찢긴 흉터가 얼마나 많은 시간이 지나야 아물까마는 마음에 난 상처의 깊이가 보이자 난데없이 여태 없던 눈물이 나올 것만 같았다. 그것은 부끄러움이었다. 그녀가 아닌 자신을 위해 달려와 동태를 파악하고자 했던 자신의 얄팍한 수를 읽었을 때 인간으로서의 최소 양심이 예영을 자극한 것이다.

“이러려던 게 아니었어.”

“알아.”

　언젠가 길을 걷다가 한번도 만난 적이 없는 사람에게 말을 걸 뻔한 적이 있다. 머리 속에서 정리가 되지 않는 것들을 되짚어 보다가 자신의 실수를 아닌 것으로 인정받고 싶어 생각이 말이 되어 나온 것이다. ―난 잘못하지 않았어요!― 그것은 상대방이 옳고 그름을 판단할 수 없는 것이었다. 상대는 완벽한 진실을 알 수 없는 것이므로. 법에 호소를 한다고 해도 법은 원칙에 근거하는 것이고, 주변 지인들에게 호소를 한대도 그것은 인정에 호소할 뿐인 것이다. 법과 인정 모두가 예영의 편에 잔말 없이 서준대도 죄책감은 조금도 줄어들지 않을 것 같았다. 예영이 병실 문을 닫고 나오자 제일 먼저 영식이 눈에 비쳤다.

　“실장님! 난 누구에게 화를 내야 하는 거야.”

　영식은 눈물로 엉망이 된 예영에게 손수건과 어깨를 빌려 주었다.

"나한테 내요. 화낼 사람 필요하면 나한테 내라구."

***

'한예영은 피해자?'

연일 장마 비가 계속되는 가운데 장대비 같은 소식들이 소녀 팬들의 가슴을 안타깝게 하고 있다. 이는 다름 아닌 장쉬에(사진. 우)에 관한 염문설 때문. 지난 4월 도예가 윤수연(사진. 좌)과의 열애설로 전 아시아를 떠들썩하게 했던 그가 또 다른 화재를 낳고 있어 이중고를 겪고 있다. 두 번째 염문설의 주인공은 바로 드라마 '흘려낸 눈물만큼 목이 마르다'에서 장쉬에의 연인으로 호흡을 맞추고 있는 배우 한예영(사진. 가운데). 첫 번째 주인공 윤수연과 절친한 친구 사이로 알려진 한예영은 사실보다 먼저 장쉬에와의 인연을 맺었던 것으로 확인되고 있다. 측근에 따르면 현재 방영되고 있는 드라마의 여 주인공 오디션 장에서 캐스팅이 확정되면서 "오래 전부터 마음속에 있던 사람과 작품을 함께 할 수 있어 너무나 행복하다"며 기쁨을 표했다는 것. 이만 보아도 처음이 아니라는 것을 뜻하고 있지만, 지난 2002년 어학연수를 위해 호주 브리즈번에 다녀온 바 있는 한예영과 같은 시기 연기자와 가수를 병행하며 두 번째 앨범 준비를 위해 브리즈번에 있었던 장쉬에가 두 번째 단서를 뒷받침해주고 있다. 하지만 보다 더 큰 단서는 바로 그들이 같은 날, 같은 장소에 함께 있었다는 것이다. 2002년 7월 17일, 브리즈번의 변두리에 위치한 썬사인 레코드에서는 평소 한예영과 친분이 있었던 선배 가수 진효림의 녹음이 한창이었다. 때마침 수업이 없었던 한예영은 응원차 녹음실을 방문했었고 그 곳에서 장쉬에는 2집 막바지 작업을 위해 비지땀을 흘리고 있었다. "평소 바쁘다며 브리즈번에 있는 내내 단 한번도 찾아오지 않던 한예영이 갑자기 연락을 해서 응원을 오겠다고 했을 때 좀 놀랐다"며 인터뷰에 응한 진효림에게 그들의 만남을 확인하자, "글쎄요. 한 다섯 시간쯤 녹음실에 함께 있었어요. 저는 녹음 중이어서 잘은 모르지만 매니저가 그러는데 자주 들락거렸대요. 그들이 전부터 알고 있는 사이였다면 장쉬에 때문이 아니었겠어요?"라고 말한 것으로 보아 그들의 만남이 처음이 아닐 가능성은 100%쯤 되지 않을까? 또한 제보자 박영주(가명)는 자신이 "유학 당시,

브리즈번에서 한예영과 장쉬에가 같이 있는 것을 목격하지는 못했지만 따로 따로는 가끔 보았다"고 인터넷으로 밝혀와 확실시되고 있다. 하지만 여기서 한 가지 의문을 갖지 않을 수 없다. 그렇다면 어째서 장쉬에의 상의 안주머니에서 한예영이 아닌 윤수연의 사진이 발견된 것인가 하는 것이다. 허나 장쉬에와 한예영이 먼저 알았고, 한예영이 친구인 윤수연을 소개시켜 주었고, 그로 인해 윤수연과 장쉬에가 가까워져 연인 사이가 된 것이라면 한예영과 장쉬에의 만남이 먼저였고, 한예영이 피해자라는 이야기가 성립된다. 그렇다면 마음속에 둔 사람을 친구에게 빼앗겨 버린 셈(?). 현재 S병원에 입원 중으로 알려진 윤수연은 탈수, 타박상, 골절이라는 병명으로 치료를 받고 있지만, 만약 이 모든 것이 사실이라면 정작 치료를 받아야 할 것은 인간에 대한 최소한의 도리가 아닐까? 친구의 연인을 빼앗고도 한마디 변명조차 없다면 그녀는 더 이상의 동정표도 받지 못할 듯하다. 이 세상 누가 억울한 누명을 쓰고도 한 마디의 변명조차 않겠는가. 담당의사의 말에 따르면 약 한달 정도 입원을 해야 완쾌될 것이라고는 하지만, 다음 납치를 우려해 경찰이 내린 특단의 조치라는 허위 조작설도 함께 따르고 있어 극도로 흥분된 팬들의 마음을 자극하고 있다. 또한 다른 한편의 움직임도 볼만하다. '친구라는 이름으로 한예영을 농락한 윤수연을 가만히 두어서는 안 된다', '한예영은 힘내라' 라는 글들이 모아지면서 한예영을 위로하고 있다. 장쉬에, 한예영, 윤수연, 이들이 언제까지 입을 굳게 닫고 있을지는 모르지만 팬들의 위험 수위가 높아진 만큼 진실을 밝혀 안심시키는 것이 급선무가 아닐까?

"놀고들 있네!"

벌써 4년이나 된 이야기다. 데뷔 이후, 영화 홍보를 위해 잦은 해외 나들이로 영어가 부족하다고 느껴져 일년간 해외 연수를 받았다. 짧은 기간이어서 공부만 하기에도 벅찼다. 그 무렵, 한국에서 알고 지내던 진효림으로부터 브리즈번에서 녹음을 한다는 연락을 받았다. 인기가 많았던 그녀는 한국에서도 정평이 나있던 '왕 재수' 였다. 후배들 앞에서는 온갖 욕설을 다 뱉어내고 윗 관계자들에게는 교태를 부리면서도 카메라 앞에만 서면 천하에 없을 '순진녀' 를 연기했고 무엇보다도 후배들이 자신보다 조금만 인기가 높아지려 하면 갖은 더러운 소문을 내서 처참히 몰락을 시켰다. 예영도 그 사실을 알고 있었다. 그래서 찍힘(?)을 당하지 않으려 힘들게 짬을 내 녹음실에 갔었던 것이다. 그러나 거기에서 예영은 장쉬에를 보지 못했다. 아니 그곳에 있다는 것을 알지도 못했다. 만약 알았더라면 그 오래 전부터 흠모하던 그를 모른 척했을 리가 없지 않은가. 아마도 진효림은 이제는 더 이상 갖은 아양에서 속지 않는 관계자들에게 따돌림을 당하고 방송출연이 줄어들자 이목을 끌기 위해 기자를 불러 말도 안 되는 이야기들을 만들어냈을 게 분명했다. 그러나 답답하고 억울한 마음은 예영 자신 때문이 아니었다. 천하의 몹쓸 인간으로 낙인 되어 장쉬에의 팬들뿐만이 아닌 예영의 팬들에게까지 손가락질을 받고 있는 수연 때문이었다. 뒤로 자빠져도 코가 깨지고 요즘 말로는 서만 있어도 코가 꺼진다고 했던가. 운이란 어떤 면에서 보면 인생의 전부일지도 모른다. 독실한 운명론자는 아니지만 운이 좋은 사람은 가만히 앉아 있어도 의인이 되고 운이 없는 자는 천사의 마음을 가지고 살아도 악인이 되는 것 같았다. 소문은 빨랐다. 만성적인 루머들은 절대 보수적이지 않은 온갖 상상들로 날개를 달고 환상적으로 뻗어 나갔다. 옳고 그름과는 전혀 무관하게.

아무 일 없이도 우울증이 도질 것 같은 장마 비가 연일 계속되는 가운데 장대 같은 소식들이 예영과 수연의 가슴을 번갈아 때렸다.

* * *

하늘이 축축했다. 비 비린내가 바다를 건너고 산을 훑어서 이 복잡한 도시를 지나 반쯤 열어 두었던 창문으로 넘어 들어왔다. 이번엔 좀 요란할 모양이었다. 아직 비는 내리지도 않았는데 성급한 천둥이 조용한 사막 한가운데를 내려치듯 귀를 후려쳤다. 이맘때면 늘 기다리게 하던 장마. 사람들은 늘 싫다면서도 장마를 기다렸다. 귀하고 어려운 손님을 맞듯 정성 들여 꼼꼼하게 준비를 하고는 장마를 맞아 들였다. 그래도 늘 아쉽고 부족했다. 돌아간 후에 남은 슬픔과 상실감으로 사람들은 좀 더 준비하지 못한 것을 못내 안타까워했다. 하지만 장마는 단 한번도 이해하지 못했다. 언제나 손님처럼 들르지만 기다리고 있었다는 것을, 헤어짐의 고통을 알고 있지만 어쩔 수 없이 기다려야 한다는 사실을 말이다. 드디어 비가 내리기 시작했다. 하루쯤은 쉬게 해줘도 좋으련만 연일 계속되는 비에 숨이 막혀왔다. 수연은 이번 비가 그와 같다고 생각했다. 죽음의 끝에서 되돌아 왔건만 아직도 무엇이 부족한지 그가 그리웠다. 안 된다면서도 한번쯤은 그가 이런 자신을 돌아봐 줄 거라고 생각하고 있었다. 생각 후에 남겨질 슬픔과 상실감 따위는 두렵지 않았다. 단지 조금 더 만들지 못한 부족한 추억을 탓했다. 리플레이해 놓은 것처럼 날마다 처음 만났을 때부터 헤어짐의 그날까지를 반복해 기억하느라 이젠 굳이 애쓰지 않고도 그 때의 일들이 떠올랐다. 의사 선생님의 말씀처럼 차차 좋아지고 있다는 것이 몸이 아닌 마음이었으면 싶었다. 마음까지도 이 병실에서 치유될 수 있는 것이었으면. 열이 오르고 또 올랐다. 잠들면 괜찮을까 깨어보아도, 깨어보면 괜찮을까 잠들어 보아도 여전히 펄펄 끓어올랐다. 하루 서너 병의 링거를 맞고 정확히 네 번의 약을 받아넘기며, 물리치료와 소독의 충실한 반복적인 일상을 보내고 있음에도 오른 열이 내려가지 않자 의사들은 여러 차례 회의를 열어 고심

했다. 이례적인 일은 아니었지만 현재 사회 이슈가 되고 있는 인물이니 만큼 조금은 병원의 흥망성쇠가 달려 있어 허투루 넘어갈 수가 없었던 것이다. 하지만 정작 이슈의 주인공은 마음이 편했다. 병원에 흥망성쇠가 어찌되었든, 세상 밖의 일들이 어찌 돌아가고 있든 그것들은 아무 상관이 없었다. 다만 드디어 이제야 아플 시간을 갖게 된 것이다. 의사들도 모르는 열의 근원지는 바로 그녀가 삼십일년만에 갖게 된 아플 시간이 만들어 내는 열기였던 것이다.

"우린 적이 아닙니다. 그러니 어디가 어떻게 불편한지 말씀하세요."

수연은 아무 말도 하지 않았다. 그것이 우울증의 증상들 중 하나의 표현이라고 생각을 한데도, 상기된 그들과는 달리 너무 편안한 지경에 이른 자신을 도저히 이해시킬 수는 없을 것 같았다.

"정말 위험합니다. 열이 이 지경까지 오르고 있는데 원인을 모르겠군요."

생명의 위협! 그것은 열 따위가 아니다. 찌든 곰팡이 냄새와 썩어 가는 피의 냄새를 맡아야 했던 그 긴장된 열흘간도 아니었다. 그리워 한순간도 가슴에서 내려놓을 수 없었던 사람으로 인해 온 세상이 다 아는 일로 병원에 누워 있는데도, 그로부터 철저하게 무시당하고 있는 수연의 마음을 그들은 알 도리가 없었을 것이다. 실눈을 떠가며 온갖 억측들을 놀리느라 눈과 입이 한참을 분주해 원인을 찾지 못하는 그들을 수연도 어쩔 도리가 없었다.

"난 윤수연씨를 위해 최선을 다하고 있어요. 이렇게 아무 말도 하지 않으면 곤란합니다."

최선을 다하고 있는 것은 내리는 비뿐이었다. 최선이라는 말에 믿음이 생기지 않는 것도 수연은 어찌해볼 수가 없었다. 말은 마음이 먼저 알아듣는 것이기에. 갈색 뿔테 안경을 쓰고 있는 그를 골탕 먹일 작정이 아니었으므로 그가 알고 싶어하는 모든 것을 털어 놓을까하는 생각을

잠깐 해 보았지만 생각이 끝나기도 전에 문을 닫고 나가
버렸다. ─당신도 시간만큼 급한가 보군요.─

* * *

　단지 이런 것이다. 단 것을 좋아하고 신 것을 좋아하며
매운 것도 싱거운 것도 좋아한다. 하지만 짠 것만은 싫다.
그러나 젓갈은 좋아한다. 젓갈이 짜긴 하지만 소량의 젓갈
과 함께 밥을 먹으면 짠맛은 거의 느끼지 못한다. 그렇다
고 해서 젓갈이 짜지 않은 것은 아니다. 사람들이 "젓갈은
짜!" 라고 이야기한다면 할 말은 없다. 하지만 짠 것을 싫
어한다고 해서 젓갈까지 싫어한다고 말하고 싶지는 않다.
이렇듯 예영은 뭉뚱그려서 이야기를 하고 싶지 않았다. 적
당한 비유가 될 수 없다는 것을 알지만 장쉬에가 밉다고
해서 싫은 것은 아니었다. 그 깊고도 심오한 뜻을 고작 해
야 젓갈 따위에 비유한다고 해서 기분이 상한대도 예영은
방법을 몰랐다. 상황을 이 지경까지 몰고 와서 아무런 말
도 하지 않고 있는 그가 더할 나위 없이 미웠지만 도저히
싫어할 수가 없었다. 얼굴 한번 보지 않고도 결혼이란 것

을 해야 했던 조부모님들 세대에도 살 한번 맞대고 나면 살아진다고 하지 않았던가. 십년을 넘게 생각했고 몇 달 전부터는 아예 마음에 넣고 살았다. 그리고 살아도 진다는 살까지 맞댄 사이니 말해 뭘 할까마는 그가 없는 일분일 초가 외롭고 쓸쓸했다. 읽다 말고 접어놓았던 대본을 펼쳐 드는 순간에도, 해결책을 찾지 못한 수연과의 관계에 대한 고뇌 중에도 그가 그리웠다. 싫다, 좋다를 반복하고 밉다, 예쁘다를 반복하면서도 끊임없이 그가 그리웠다. 예영은 혼란스러움 속에 놓여 있었다. 예전 같았으면 질퍽하게 비가 내리는 이런 휴일엔 수연을 만나 잡담을 떨거나 이불 속에 폭 파묻혀 하루를 몽땅 보내며 자신에게 휴식을 주며 혼란스러움을 극복했겠지만, 수연을 만나러 갈 자신도 없었고 편하게 이불 속에 몸을 묻고 있어도 마음이 좀처럼 휴식의 시간을 허락하지 않았다. 지친 예영이 TV의 전원을 켰다. 짧은 신호음과 함께 화면이 채워졌다. 늘 수연과 함께 한참의 수다를 떤 후에는 침대에 나란히 누워 TV를 보았다. 예영의 이름이 알려지고 점점 스케줄이 많아지자 뜸해졌지만 그때마다 우리는 개그 프로그램을 보면서 키득거리길 좋아했다. 막바지에 다다르고 있는 개그 프로

그램에서는 사람들의 웃음소리가 끊이질 않고 터져 나왔
다. 진행의 후반부여서 그런지 제대로 알아들을 수 없는
내용을 보면서 예영은 소리내어 웃었다. "내가 하는 말 오
해하지 말고 들어!" 예영은 조금 더 크게 소리내어 웃었
다. 아무리 자신의 생각을 오해로 둔갑시켜 보려 해도 진
실은 끝끝내 옷을 갈아입지 않을 것 같았다.

　'난 네가 여기 있어서 기뻐.'

　진실이 말했다.

　'난 네가 여기 있어서 싫어.'

　예영은 진실이 자신과 가장 멀리 떨어진 곳에 있었으면
좋겠다고 생각했다. 보고도 못 본 척을 하려면 적어도 변
명의 거리만큼은 떨어져 있어야 하는 법이니까. 어떤 사
람에게는 상처가 되고 또 어떤 사람에겐 행복이 되는 것
이 진실이다. 때에 따라서, 또는 사람에 따라서 자유자재
로 색깔을 바꾸는 것이니만큼 이번만큼은 불안정한 진실
이 자신의 편에 서주길 예영은 바라고 있었다. ―미안, 난
아무것도 보지 못했어.―

178

***

"루머의 확실한 주인공이 되고 싶은 건가?"

"알고 싶어요."

"달고 온 기자들만큼?"

"따라온다는 걸 알면서도 올 수밖에 없었어요."

"차라리 저 사람들이 알고 싶어하는 걸 말하는 게 낫겠군."

"이해해줄 순 없어요?"

"왜 그래야 하지?"

"내가 당신을 사랑하는 걸로는 안되나요?"

"잊은 모양이군. 허접한 질문 따윈 하지 않는 게 좋다고 말했을 텐데."

"날 사랑하나요?"

"그랬어야 하나."

"난 사랑이에요."

"그래서?"

"그래서!"

"그 사랑에 책임자라도 돼달라는 건가?"

"당신을 원해요."

"이미 가진 걸로 아는데."

"제발 그렇게 말하지 말아요."

"그건 너의 실수야."

"실수?"

"사랑을 원했으면 난 거절했어."

"난 계속해서 그렇게 말하고 있었어요."

"당신은 사귀고 싶다고 말했을 뿐이야."

"다른가요?"

"물론."

"당신은 내 소리를 듣지 못했군요."

"왜 그랬다고 생각하지? 그 이유를 생각하면 되겠군."

"그럼 지금부터 들어요."

"그러고 싶지 않아."

"사랑해요."

"그런 말들이 날 더 피곤하게 할 수 있다는 것 정도는
아는 사람이 아니었던가?"

"진심이에요."

"누구의?"

"당신의 진심이 되길 원해요."

"어리석군! 나에게 맡겨 둔 사랑이 있었나? 나한테 없는 사랑을 달라고 하면 만들어 내라?"

"해줄 수 있다면."

"당신의 첫 번째 실수가 뭔지 아나?"

"실수?"

"그건 실수를 반복하고 있다는 거야."

"반복?"

"지금 같은."

"지금 같은?"

"그래. 내 사랑을 원했다면 지금처럼 '해줄 수 있다면' 이라고 말하지 말았어야지. 처음부터 '사귀어 보려구요' 가 아닌 '사귀고 싶다' 내지는 '사랑을 달라' 고 말했어야 하지 않겠어? 사람들의 착각이 뭔 줄 아나? 돌려 말해도 상대방이 다 알 수 있다고 생각하는 것. 차라리 아두 말도 하지 않으면 상상을 하거나 느끼려고 노력이라도 허보지. 떠보듯이 쉽게 입을 놀려 놓고 이제 와서 번복해 사랑을 달라고 하면 없는 사랑을 만들어라도 내라는 건가?"

"당신은 충분히 날 오해하게 했어!"

"당신의 지나친 상상이 착각을 만들어낸 것 뿐이야."

"내 사랑은 착각이 아니에요."

"빚쟁이도 궁지에 몰리면 나 몰라라 한다고 했던가? 더군다나 난 빚쟁이도 아니지."

"끝내 당신은 날 가지고 놀았다고 말하지 않는군요."

"이봐! 그렇게 말하면 당신만 우스워지는 거 아닌가? 무척이나 섭섭하군. 난 그 순간 당신을 위해 최선을 다했다구."

"이런 게 아픔이군요."

"당신의 아픈 이유가 나의 아픈 이유와 다른 건 우리가 서로 사랑하지 않기 때문이야. 만약 당신의 아픈 이유와 나의 아픈 이유가 같았다면 우린 서로 아파할 이유가 없었겠지."

"당신도 아픈가요?"

"……."

"혹시 수연이 때문인가요?"

언제나 후회의 순간에 진실을 직감한다. 때에 따라서, 사람에 따라서 달라질지라도 한 사람에게는 하나의 진실만이 주어진다는 사실을 잊고 있었다. 알 수 없다고 생각했던 동시에 알 수 있게 되는 것, 그것은 얼마나 잔인한 깨달음인가. 예영은 지금의 상황에서 서둘러 빠져 나오고 싶었다. 사람들은 저마다 자신의 처한 어두운 상황이 보여지는 것을 꺼려하는 법이니까. 그것은 자신 안에 난 상처보다도 누군가가 이를 지켜보고 있을지도 모른다는 두려움이 더 큰 상처를 내기 때문이다. 예영은 어딘가에 숨어 귀를 쫑긋 세우고 있는 진실을 보았다.

"아무것도 대답하지 말아요. 들어도 안들은 거야 난."

기대만큼 충족하지 못했던 대화를 끝내고 흥분이 가라앉지 않은 상태로 나와 술을 마셨다. 영식은 몇 번이고 그녀를 만류했지만 소용없는 짓이었다. 술은 마시면 다실수록 그녀를 부끄럽게 했다. 자신과 그들 모두에게. 정상으로 돌아올 가능성이 전혀 없어 보이는 자신을 위해 그녀는 노래를 불렀다. 영식은 그 노랫소리가 스트레이트 잔에 놓인 위스키보다도 쓰다고 생각했다. 노래를 멈춘 그녀가 비틀거리며 서둘러 바를 나서고 있었다. 영식이 뒤를 이었다.

＊＊＊

“그 사람 안에서 나와.

그 사람 안에서 나와서 사라져줘. 부탁이야.

그 사람한텐 말해도 소용이 없어.

이런 너에게 부탁하는 내가 어이없어도 좋아.

하지만 부탁해. 부탁이라도 할 수 있을 때 나와줘.

니가 나오지 않으면 내가 그 안에 들어가서 널 괴롭히게 될 거야.”

단 한번도 불행한 상태에서 죽음을 생각한 적은 없었다. 불행의 시간에는 불행을 느낄 시간이 부족했고. 행복의 시간에도 행복을 느낄만한 충분한 시간이 없었으므로 그것을 생각해 낼 틈이 없었다. 때로는 불행보다 더 행복한 적도 많았다. 불행의 크기보다 사소한 행복이었다 해도 그로 인해 삶을 살아내는데 어려움도 갖지 않을 수 있었다. 하지만 그 중간적 상태, 불행하지도 행복하지도 않은 그 중간의 상태에서 늘 죽음을 꿈꿨었다. 시간의 여백이 주는 나태함, 그 반복의 연속적인 지점. 수연은 다시 죽음을 꿈꿨다. 허공 어딘가에다 시선을 대놓고 수연은 생각을 따랐다. ─오늘이 좋겠어.─ 어쩌면 그 적당한 지점에서 두고 가야 할 것들과 가지고 가야 할 것들을 분리해 생각한다는 것은 죽음을 꿈꾸는 자로서의 적당한 자세는 아닐 것이다. 하지만 수연은 분리해 생각해 보기로 했다. 기억해야 할 것들과 기억하지 말아야 할 것들도 함께 기억해 내려 애썼다. 생각하는 동안에 맘이 바뀔지도 모르는 결정을 존중하고 싶었던 것이다. 어쩌면 옳지 않은 선택일 수도 있는 것이므로. 도자기를 굽기 전, 늘 기물을 형성해 놓고 버려야 하느냐, 마느냐를 선택해야 할 때 그랬던 것처럼 쉽지 않은 선택을 해야 하는 것이다. ─무엇부터 보듬어야 옳지?─ 자신의 상처에는 순위가 없듯 기억도 순서를 가지고 나타나지 않는다. 하지만 수연은 가장 최근의 기억들을 먼저 떠올렸다. 오래된 상처는 아물 시간이 있었다지만 최근의 상처는 아물 틈이 없었으므로 보다 많이 보듬어주고 싶었던 것이다. 누군가에겐 어쩌면 다 버리고 가고 싶은 기억들, 하지만 그래도, 그랬어도, 그렇다 하여도 수연

은 모두 다 싸 짊어지고 가고 싶었다. 지금의 이 상황보다
는 모두가 다 더 좋은 기억들이었으므로. 홀로든, 함께든
나누었던 믿음이 깨졌을지라도 그 믿음은 엉터리가 아니
었으므로. 주고받은 것이 아니라 홀로 생성된 것들이었다
해도 자신이 떠났을 때 그 기억들을 지켜주고 보듬어 줄
사람이 없다는 것이 수연의 마음을 아프게 했다. —괜찮
아! 곧 없던 일이 될 거야.— 수연은 무질서하게 다가오는
겁먹은 추억들에게 마지막 예의로 한번씩 더 보듬는 위로
의 시간을 마쳤다. 낯선 사람들의 모습과 새롭게 생성되어
가는 기억들도 차례를 기다리고 있었지만 오로지 손상된
추억에만 치중한 나머지 미처 거기까지 돌볼 틈이 없었다.
—미안해.— 그리고 나서 조금 전 그러니까 예영이 다녀가
기도 전, 이 예정에도 없던 행사를 치러버리기로 마음을
먹기 훨씬도 전, 도우미 아줌마가 깎다 만 사과 옆에 놓인
과도에 시선을 꽂았다. 햇빛을 받아 곱게 빛나고 있는 과
도를 확인하고 살짝 미소를 지었다. —딱 알맞은 시간이
된 거야.— 세상은 수연이 생각한 것만큼 복잡해 보이지
않았다. 자신이 마음먹은 것을 행동으로 옮기는데 아무런
방해물이 없다는 것이 수연을 행복하게 했다. 그 행복한

느낌이 오래가지 못하도록 수연은 미소를 멈췄다. 행복한 시간은 죽음을 꿈꾸지 않는 것이기에. 잘 되기만 한다면 그녀는 불행한 내일을 맞지 않을 수 있었다.

* * *

─말로 했으면 좋았잖아. 어째서 내게 용서받을 기회조차 주지 않으려 한 거니!─

모든 것에는 책임이 따른다. 그 중에서도 가장 큰 책임은 생각 없이 뱉어낸 말이다. 말이란 사람을 일어서게도 하지만 넘어트릴 수도 있는 법이어서, 가장 혹독한 댓가를 치러야 한다는 것을 예영은 알고 있었다. 그럼에도 불구하고 취해 있었던 것뿐이라고 이제와 해명을 한들 그게 다 무슨 소용이란 말인가. 하지만 죽으라는 게 아니었다. 없어져 버리라고 말한 것이 아니었다. 다만 그가 답하지 않은 것에 대한 해답을 그녀로부터 듣고 싶었을 뿐이다. 같은 답만 아니라면 충분히 위로 받을 수 있다고 생각했다. 그러나 그녀는 그와 짜기라도 한 듯 아무런 말이 없었다. 예영은 그 침묵들이 무엇을 의미하는지 알 수 있었다. 침묵이란 일관하고 있을 때, 때로는 큰 힘을 주기도 하지만, 때로는 절망이 찾아온다는 사실을. 그 절망 앞에서 온전한 정신을 차릴 수 있는 사람이 사람이겠는가. 적당히 떼라도 쓰지 않으면 그나마 건져질 자존심을 모르는 바가 아니었다. 하지만 그녀에게 있어 예영은 그럴만한 자격이 있는 사람이라고 생각했다. 엄살 정도는 한없이 부려도 다독여 주리라 생각했다. 그러나 오해였나 보다. 그녀마저 자신의 말을 제대로 알아듣질 못했다. 엄마를 그렇게 떠나보낸 아빠를 향해, 조그맣던 예영이 경멸의 눈초리로 바라보았던 것은 결코 죽으라는 뜻이 아니었다. 살아내라고, 사람들 가슴에 낼만큼 상처를 냈으면 정작 본인은 아프지 말아야 하는 거니까 어떻게든 제대로 살아보라고 했을 뿐인데 끝내는 수연도 아빠처럼 알아듣질 못했다. 예영은 누워있는 수연의 담요를 깊게 덮어 주었다. 자신의 외로움에 한기가 뒷골을 서늘하게 했으므로. **—바보 사실 나는 이 스토리의 주인공이 아니야.**— 투명인간! 사이 어딘가에 있어도 결국은 앞과 뒤만 남는 것이 투명인간의 의무다. 예영은 알 수 있었다. 결국 그들에게 있어 문제는 자신이 아니라는 것을. 아빠와 엄마의 사이에 없었던 자신의 존재처럼 그들 사이에 있는 문제는 자신이 아니었던 것이다. 그 외로움이 뼈 마디마디 구석구석을 돌아다니며 번식해 갔다. 예영은 몸을 돌려 창 밖을 바라보았다. 하지만 그녀의 시선 끝은 창문 밖의 것이 아닌 마음 깊숙한 곳의 것이었다. ─넌 너무 이기적이야!─ 예영은 수연의 손목을 칭칭 감고 있는 붕대로 시선을 가져갔다. ─이래도 꼭 해야겠니?─ 예영은 그녀가 아팠다. 긴 삶을 살면서 그 누군가로부터 단 한번도 보호받지 못한 그녀가, 본인에게 조차 보호받지 못한 그녀가 아팠다. 죽고 싶을 만큼 괴로워도 그걸 참아내고서라도 그리운 그에게조차 그녀는 보호받지 못한 것이다. 어쩌면 그녀는 죽고 싶었던 것이 아니었을지도 몰랐다. 단지 견뎌내고 싶었던 것인지도. 사실을 사실이 아니라고 말하지 않기 위해 있는 힘을 다해 견뎌낸 것일지도 모른다. 그와는 상관없이 감정의 솔직함을 지켜낸 그녀에게 상이라도 줘야 마땅하겠지만, 그는 그녀를 위해 아무것도 하지 않았다. ─그게 사랑이니?─ (응) 눈 감은 수연이 대답하는 것 같았다. ─바보 천치!─ 그 순간 예영은 알 수 있었다. 수연이 그를 바라보는 마음과 그가 수연을 바라보는 마음이 한 군데에 있다는 것을. 그 마음 때문에 아파하고 있으면서도 그들을 이해하려는 자신에게 화가 났다. 그 화를 받아야 할 사람이 죽은 듯 누워 있다는 것이, 한순간도 뒤지지 않고 오히려 잘못을 뒤집어씌우려 하고 있다는 것이 억울했다. ―이런다고 해서 그를 보내진 않아.― 예영은 한번 더 깊숙이 담요를 덮어 준 후에 병실 문을 나섰다. ―미안해. 날 용서하지 마.―

＊＊＊

"사람들은 반드시 필요하지 않은 물건도 주머니에 넣어요. 필요한지 필요하지 않은지는 나중에 결정할 거야. 지금은 당신을 내 주머니에 반드시 넣고 싶어!"

삶이 가장 고된 이유는 어쩌면 살아가는 동안 단 한번도 쉴 수 없기 때문인지도 모른다. 달리는 버스가 정류장에 선다 해도 곧 시동을 걸고 출발할 것이고 깊은 잠에 빠져 있던 새들도 곧 먹이를 찾아 날아 갈 것이다. 어쩌면 진정한 휴식은 죽음뿐인지도 몰랐다. 수연의 선택이 옳았다는 것이 아니다. 단지 휴식을 취하고 싶었던 그녀의 마음을 읽어낸 것뿐이었다.

"날 정상이 아니라고 생각해도 좋아요. 난 돌아갈 수가 없어."

사람들은 먹으면서 살이 찌는 것을 걱정한다. 차라리 처음부터 먹지 않으면 살이 찔 염려도 없을 테지만 음식은 거부할 수 없는 것이다. 그녀에게 온 사랑도 그랬다. 처음부터 사랑하지 않았으면 몰랐을까 그를 거부하기란 쉬운 일이 아니었다. 지나치게 쪄 버린 살을 빼는 것이 쉬운 일이 아니듯.

"지금은 그렇다 해도 당신은 곧 정상으로 돌아올 거야. 돌아왔을 때 부끄럽지 않으려면 여기서 그만 두는 게 좋겠지. 당신을 위해서라면 말이야."

예영은 그의 말 한 마디에 슬그머니 욕망이 고개를 드는 것을 눈치챘다. 어째서 싸늘한 그의 말이 가능성을 내포

하고 있다고 생각했는지는 알 수 없었다. 허나 이렇듯 미
친 척이라도 한다면 그가 자신을 돌아봐 줄지도 모른다고
생각했다.

"정상으로 돌아가지 않는다면?"
"그래도 당신을 받아들일 수가 없어."
　욕망은 포기보다 큰 힘을 가졌다. 그가 수연을 이야기하
고 있다는 것을 알면서도 모른 척하고 싶었다. 알면 알수
록 모르는 것이 많아지는 것처럼 그의 마음을 모르는 척
한다면 아는 사람보다 세상이 훨씬 가벼워질지도 몰랐다.

"당신은 내가 원하는 걸 몰라요."
"내가 아니었던가?"
"아니! 내가 원하는 건 사랑을 달라는 게 아니에요. 날
없는 사람 취급하지 말란 거야. 난 내가 당신에게 없는 사
람일까봐 그게 두려운 거예요."
"그게 그거 아닌가?"

　존재감. 끊임없이 자신을 인식시키고 싶어하는 것. 그것

192

을 갈망하며 사람들은 살아간다. 세상에서 우두머리가 되고 싶은 것, 누군가에게 제일이고 싶은 것, 그것 또한 자신을 알리고 싶어하는 존재감인 것이다. 그래서 예영은 배우가 되었다. 배우가 되어 자신의 무능력한 존재감을 성숙한 존재감으로 돌려놓고자 했다. 처음에는 나름대로 만족스러웠다. 하지만 그 만족감은 그리 오래 가지 않았다. 사람들은 하루가 멀다 속출하고 있는 수많은 배우들 속에서 자신만을 바라봐 주지 않았고 끊임없이 노력해야만 얻을 수 있는 것임을 알 수 있었다. 그것은 고달픈 행로였다. 가도가도 끝이 보이지 않는 길에 놓여져 날마다 초조해 해야만 했다. 아무리 높은 곳에 올라도 더 이상 만족감을 느낄 수가 없었고 오르면 오를수록 불안한 마음이 커졌다. 이만하면 되었다는 생각도 어느덧 사라져 버렸고 자신의 존재마저 믿을 수 없는 지경에 다다랐다. 예영은 그렇게 살았다. 이를 악물고 세상에게 자신이 없는 사람이 아님을 인식시키려 노력했다. 하지만 정작 갖은 노력에도 불구하고 세상은 그녀를 없는 사람 취급하고 있었다. 예영은 끓어오르는 분노를 참을 수가 없었다.

"수연인 정상적이지 않은 긴 잠을 자고 있어요. 그게 다 누구 때문이라고 생각하죠?"

예영은 그 말에 스스로 참을 수 없는 분노가 심한 수치 심으로 돌아오고 있음을 느꼈다. 어쩌자고 생각을 말로 내뱉어 버린 것일까. 마지막 자존심마저 땅바닥에 엎드려 그에게 애걸이라도 하고 싶은 것일까. 그에게 있어도 자 신에게 있어서도 누구나가 다 알지만 차마 건드릴 수 없 는 마지막 치부를 드러낸 것처럼 둘은 잠시 아무 말도 할 수가 없었다. 예영이 의자에 털썩 주저앉았다. 그게 어떤 상황이라고 해도 절대로 해서는 안 될 말을 했던 자신에 게 소름이 끼쳤다. 두 가해자가 음흉한 마음으로 한 피해 자를 두고 비열한 흥정을 벌이는 사투의 현장처럼 역겨움 의 냄새가 가슴을 후벼팠다. 갈 데까지 간 비열한 가해자 는 살아남기 위해 마지막 남은 힘을 다해 또 다른 가해자 에게 핏빛 흥정을 벌인다.

"당신은 당신이 원하는 걸 가질 수 없을 거예요. 내가 막아야 하는데 나 말고는 날 막을 게 없는데, 그러고 싶지

않거든요. 내가 말했잖아. 날 자극하지 않는 게 좋다
고…."

　예영은 가슴을 버리기로 했다. 그렇게라도 해서 그를
잡아두고 싶었다. 사람들은 무슨 수를 써서라도 자신을
인식시키기 위해 다년간 노력해 왔을 것이므로. 그것이
인간의 도리에 대해 강력히 위배되는 행위라 할지라도 이
미 범법 행위에 대한 단맛을 경험한 터여서 더 이상 옳은
길로 갈 수 없는 자신을 인정하기로 했다.

＊＊＊

'행복하니?'
(응)
'니가 행복해 지려면 그 사람이 필요한 게 아니었니?'
(필요했어)
'그럼 왜 아직 거기 있니?'
(매일매일 이빨을 닦는다는 게 귀찮아졌어)
'니가 그리워.'

(그 사람이 있잖아)

'난 세입자 정돈 걸. 넌 전부를 샀잖아.'

(거기에 있는 건 너야)

'그에겐 니가 있어.'

(난 여기에 있어)

'돌아와 줘.'

(난 도망을 온 게 아냐)

'넌 달아 난 거야.'

(난 달아난 적이 없어. 달아나는 게 어떤 건지 알았다면
여기에 있진 않을 거야)

'왜 우리는 끊임없이 상처를 받아야 하는 거지?'

(생각을 읽히니까)

'생각을?'

(사람들은 우리의 생각을 읽어. 들켰다고 생각했을 때
상처를 받게 되는 거야)

'내 생각을 읽었니?'

(아주 오래 전부터)

'나한테로 오는 사랑 다 너 줄게.'

(그래)

‘그 사람 나한테 줄래?’

(그래)

‘난 널 상대로 흥정을 했어.’

(괜찮아)

‘난 어둠에 길로 들어섰어.’

(모든 게 정상으로 돌아오면 회복될 수 있어)

‘너만 돌아오면 돼.’

(난 지금 돌아가고 싶지 않아)

‘거긴 어떤 곳이니?’

(모든 사람으로부터 멀어질 수 있는 곳. 방법을 찾아낸 것 같아)

‘왜 전에는 그 방법을 알지 못했을까?’

(아직 모두는 충분히 상처받지 못했기 때문이야)

늘 이쯤에서 대화가 끝났다. 앙상하게 마른 몸이 바람이 훔쳐 달아나도 좋을 만큼 가볍게 느껴지는 그녀가 아직도 굳게 눈을 감고 있다. 눈을 닫아버린 지 보름 닷새째, 어쩌면 그녀는 이곳 세계를 찾지 못하고 다른 세계에 머물러 있는 것인지도 몰랐다. 돌아오고 싶지 않은 그녀를 다

시 이곳 세계로 불러들일 수 있는 단 한 사람. 어쩌면 그
도 그 세계로 들어가고 싶은 것일지도 모른다고 생각했다.
세계를 넘어 있는 그녀가 자유롭게 보였다.

＊＊＊

윤수연의 자살소동은 해프닝?

금지된 장난! 그것은 요즘 모든 뉴스의 화두가 되고 있는
윤수연을 두고 하는 말이다. 홍콩의 〈비거매거진〉에 따르면
지난 일년간 아시아 최고의 해프닝은 윤수연의 자살소동이
라고 밝혔다. 어릴 적 이혼한 부모의 아이가 자신의 아버지
인 줄도 모르고 수십 차례 성관계를 가져 전 아시아를 술렁
이게 만들었던 부녀간의 잘못된 연애 행각이 각각 1, 2위를
차지했다고 보도된 매거진에 의하면 그녀는 장쉬에와 팬들
에게 동정표를 사기 위해 이 같은 일을 꾸민 것이라고 말했
다. 지난 달 말, 결국 그녀가 병실에 있던 과도로 자신의 손
목을 그었다고 보도했을 당시 사람들은 몹시 안타까워하며
심심한 위로를 표명했었다. 장쉬에의 팬들에게 끌려가 온갖

고문을 받아야 했던 그녀가 고충을 견디지 못한 것으로 판단했지만 그것이 동정표를 얻기 위한 자작극이었다는 뉴스가 발표되자 다시 크게 분노하고 있다. 이 같은 현상은 어쩌면 당연한 일. 지난 4월, 그녀의 소식을 접한 이래, 우리는 단지 추측만 할 뿐이었다. 그러나 이번 자살소동으로 인해 모든 것이 확실시되고 있다는 분석이다. 그녀 자신에게 있어 하늘을 우러러 한 점 부끄러움이 없다면 팬들이 그녀를 위로하고 있는 이 마당에 반드시 죽음을 선택할 일도 없거니와 그녀의 담당의사의 말에 의하면 그녀는 점점 좋아지고 있었다고 한다. 그럼에도 불구하고 그녀가 손목을 그었다는 것은 자작극 말고는 달리 설명될 길이 없다는 것이다. 친구의 연인을 가로채고 사람들에게 손가락질을 받자 동정표를 얻기 위해 이 같은 일을 꾸몄다는 것이 〈비거매거진〉의 분석. 현재 한국에서 비지땀을 흘리며 촬영에 임하고 있는 장쉬에 또한 한 방송사와의 짧은 인터뷰에서 "그녀에 대해 나는 아무 말도 하고 싶지 않다"고 말해 팬들은 이미 '장쉬에의 마음이 윤수연으로부터 떠난 것이 아니냐'며 '더 이상 우리 모두는 장쉬에를 추궁하지 말아야 할 것'이라고 장쉬에를 옹호하고 있는 입장이다. 어쩌면 우리는 더 이상 그녀에게 관심을 갖지 않아도 좋지 않을까. 며칠 전 장쉐의 숙소에서 한예영이 걸어 나왔다는 보도가 있었으니 말이다. 이미 발표된 바 있이 드라마가 해피엔드로 끝을 맺으리만큼 이들의 사랑도 좋은 결말을 맺게 되지 않을까. 하지만 대만 현지의 팬들은 10년을 넘게 그의 곁에 있어 준 양선과의 관계도 궁금해하고 있다. 현재 싱가폴에서 왕성한 활동을 보이고 있는 양선은 이번 파문으로 인해 '공공칠 작전'을 펼치고 있다. 이는 파파라치들의 눈을 피하기 위한 것. 대만지에 따르면 그녀가 알려지지 않은 자신의 숙소로 돌아가기 위해 지하철과 택시를 갈아타며 갖은 고충을 겪고 있다고 한다. 윤수연 하나로 두 명의 피해자가 발생했지만, 한 명의 피해자라도 빨리 사라지길 팬들은 바라마지 않고 있을 뿐이다.

촬영에 앞서 메이크업을 마친 예영이 거칠게 일간지를 찢었다. 영식이 다가와 그녀의 팔을 잡았지만 건장한 사내의 힘도 성난 그녀에게는 아무런 소용이 없었다.

"이런다고 달라지지 않아요 예영씨."

"꼭 내가 바랐던 것 같잖아!"

예영은 숨고 싶었다. 어디라도 숨고 싶어서 미칠 것만 같았다. 예영이 바랐던 것처럼, 누군가 예영을 도와주고 있는 것처럼, 완벽하게 예영의 편에 서있는 행운에게서 멀리 도망치고 싶었다. 때로는 불행도 피할 수 없는 것처럼 행운도 피하지 못한다. 수연이 처음 그를 만나는 행운을 피하지 못했던 것처럼. —그만들 하시지. 우리 모두는 그녀에게 있어 가해자라구!—

***

그날 밤, 마치 기적처럼 그녀가 거기에 있었다. 그가 알고 있는 노랫말과 시들을 몽땅 끄집어 내 표현해 보아도 모자랄 만큼 아름다운 그녀가 그의 차로 뛰어 들어왔을 때 그는 운명을 믿었다. 온갖 애정을 쏟아 부으며 때론 바람막이가 되어주고 때로는 희생도 불사하지 않고 금지옥엽 길러낸 아이 하나가, 비리를 일삼아 그의 눈 밖에 났던 방송국 PD와 짜고 그에게 탈세혐의를 뒤집어 씌워 막 경찰서에 다녀오는 길이었다. 다시는 이 바닥에서 일을 하지 않겠노라고 다짐하면서 집 앞에 도착했을 때 초롱초롱 빛나는 두 눈으로 자신을 스타로 만들어 달라며 뛰어 들어 왔을 때 영식은 그만 고개를 끄덕이고 말았다. 영식은 그 일을 두고두고 후회했다. 만인의 스타가 아닌 자신만의 연인이 되어 달라고 말하지 못한 것에 대해. 그리고 그 순간 그녀를 사랑한다고 말하지 못한 것을. 하지만 그렇게라도 하지 않았더라면 그녀를 오래도록 바라볼 수 있는 행운은 얻지 못했으리라. 영식은 그 길로 그녀와 함께 새로운 기획사를 만들었다. 최고의 스타만을 배출해 내던 그는 그녀와 함께라면 두려울 것이 없었다. 예상했던 대로 그녀는 스타가 되었고, PD에게 농락 당한 아이는 강남역 어느 룸살롱을 전전하며 살아가고 있다고 했다. 영식은 전화위복의 기회를 만들어준 그녀를 더욱더 사랑하지 않을 수 없었다. 하지만 시간이 지나면 지날수록 가슴속에 담아 두었던 사랑을 고백할 기회가 사라져만 갔다. 이미 최고의 스타덤에 오른 그녀에게 이제 와서 사랑을 말한다는 것이 어찌 부담이 아닐 수 있겠는가. 영식은 참고 기다렸다. 언젠가 반드시 때가 오면 고백하리라고 다짐하는 것으로 위안을 삼으며. 하지만 기회는 그리 쉽게 오지 않았다. 다만 기회 대신으로 그녀에게도 사랑이 찾아왔다. 영식과 꼭 닮은 바라만 봐야 하는 사랑이. 그저 함께 있는 것만으로도 데이트를 즐기는 사내처럼 흥분되었고 그녀의 전부를 알아 가는 것에 세월을 보내고 있는 틈을 타 찾아 온 것이다. 영식은 절망 속에 휩싸였다. 차라리 그녀에게 화를 낼 수만 있었어도, 붙잡아 흔들고 다그치기라도 할 수 있었으면 좋겠다고 생각했다. 하지만 그보다 더 힘이 들었던 것은 영식이 그녀에게 있어서 아무것도 아니라는 사실이었다. 허나 그때, 영식은 더 이상 자신의 맘을 돌볼 틈도 없이 예영을 바라봐야만 했다. 자신만큼 아파하고 있는 예영을 보살필 시간도 모자랐기 때문이다. 세상의 많고 많은 사람들 중에 가장 어려운 사람을 만나 사랑에 빠진 그녀가 조금씩 야위어 가는 모습에 영식은 자신의 영혼이라도 팔아서 그녀의 사랑을 돕고 싶었다. 그녀가 행복해 질 수 있는 일이라면, 그녀의 환했던 웃음을 다시 볼 수만 있다면 어떻게 되어도 상관없다고 생각했다. 그 러나 영식도 그녀도 신으로부터 아무런 도움도 받지 못했 다. 둘은 나란히 온 마음을 다해 아파했다. 거울을 보고 있는 것처럼 그녀가 돌아봐 주지 않는 사랑에 대고 소리칠 때, 영식도 함께 소리쳤다. 멍하니 있으면 있는 대로, 아프면 아픈 대로, 영식은 있는 그대로 그녀의 곁에 함께 있어 주었다. 하지만 마주보고 있는 것이 아니기에 그녀의 눈엔 그가 없었다. 아무리 그녀 곁을 서성대도 눈치 없는 그녀는 그의 사랑을 알지 못하는 듯 보였다. 어쩌다 마주 서기라도 하면 그녀의 초롱초롱한 두 눈 안엔 영식이 아닌 다른 사람이 있었다. 영식은 남은 시간을 가늠해 보았다. 그녀의 곁에서 함께 할 수 있는 시간을. 영식은 몸 상태가 나빠지는 것을 느꼈다. 그것은 눈물이 복받쳐 오는 순간에 내는 애통함이었다. —그녀의 그가 아니라면 나의 손을 들어 주소서.— 사람들은 모두 자신의 기도가 채택되길 바란다. 모두가 같은 기도를 한다 해도 자신의 기도가 신의 마음에 제일 먼저 도달하기를 바라며 간절히 —그녀가 홀로 등이 시리게 돌아서는 일이 없게 하소서.— 영식은 이번처럼 간절히 삶을 바꿔보려는 시도를 한 적이 없었다.

*＊＊

“내가 옳지 않더라도 상관없어.”

“지겹군! 언제쯤이면 당신의 징징대는 소리를 듣지 않을 수 있을까.”

“과거? 과거라고 했어요 지금? 난 엄마, 아빠 얼굴도 기억 안나. 그것도 과거잖아. 근데 당신은 내 앞에 있어요. 우리에게 있었던 일들이 과거라면, 바로 후면 지금도 과거가 될텐데. 기억도 안 나는 과거랑 지금을 몽땅 싸잡아 과거라고 한다면 그건 아니에요. 난 당신과 현재에 있어요. 우리가 나누었던 모든 건 현재라구. 현재!”

다시 원점으로 돌아갔다. 그에게 있어 사랑은 얼마나 멀리 떨어져 있는 것인가. 얼마나 긴 길을 가고 얼마나 긴 말들을 해야 그 사랑이 바짝 다가올지 알 수 없었다. 예영은 아무도 대답해 주지 않을 거라는 확신이 들자 자신이 그 사랑에 먼저 닿아야겠다고 다짐하듯 며칠 밤의 정사를 두고 그를 옭아맬 작정이었다. 그러나 그 올가미라는 것이 얼마나 불결하고 염치없는 것인가. 차라리 다른 수가 먼저 떠올라 주었으면 좋았겠다고 생각했다.

"나도 알아. 당신이 무슨 말을 하려는지도. 하지만 자신
이 성녀가 아니라는 것을 그렇게 까발릴 필요는 없었어."
예영은 눈을 들어 하늘을 쳐다보았다. 그녀도 방금 똑
같은 것을 느끼고 있었기 때문이다.

"당신은 자꾸 날 미치광이로 만들어요."
"당신이 아니라고는 못하겠군."
"수연이 때문인 줄 알았어. 날 사랑하지 않는 게. 왜 나
는 안 되는 건지 몰랐어. 수연이보다 내가 더 먼저 당신을
만났더라면 내가 됐을까. 그랬으면 당신이 날 봐줬을까.
근데 아니야. 내가 먼저 당신을 만났더라도 난 수연이가
아니니까. 난 수연이가 될 수 없으니까. 그래서야. 내가
미치광이로 변한 건, 난 수연이가 아니기 때문이라구."

예쁘지 않다는 것. 예영은 그것을 너무 일찍 알아 버렸
다. 누구에게나 사랑스러운 아이가 될 수 없다는 것을 여
덟 살의 어린아이가 알았을 때는 더 이상 행복하지 않다
는 것이다. 애비, 애미도 없는 년이 언제나 흥분할 수밖에
없었던 이유. 어디에 내 놓아도 뒤지지 않는 외모와 넘칠

만큼의 돈이 있은들 그게 다 무슨 소용이란 말인가. 눈에 넣어도 아프지 않을 자식을 바라보는 무조건적인 사랑 한 번 받지 못했는데. 예영은 순간 거기에 그가 없었으면 좋겠다고 생각했다. 차라리 자신이 예쁘지 않다는 것을 인정하고, 원망만이라도 할 수 있게 엄마, 아빠처럼 그가 거기에 없었으면 좋겠다고 생각했다.

"내가 떠나면 당신도 떠날 건가요?"
"왜 그래야 하지?"
"한번쯤은 날 위해서 그래줄 수도 있는 거잖아. 날 위해서도…."

예영은 자신의 마음이 완전히 뒤틀리고 있다는 것을 알 수 있었다. 그가 대답을 해주었더라면 예영은 마음을 덮었을지도 모른다. 자신이 떠나고, 떠나지 않는 그를 바라봐야 한다는 것이 얼마나 고통스러운 일인지 미루어 짐작하고 마지막이 될지도 모를 부탁을 한 것이다. 그러나 그는 정상적인 상태를 되찾게 될 예영에겐 정말 조금의 성의표시도 없었다. 그녀 따윈 귀찮다는 듯 한쪽으로 쭉 밀

어놓고 자신만을 센터에 세워 둔 사람에게, 비스듬히 기
대고 있었다는 사실에 부들부들 몸이 떨렸다. 더러워진
그 무언가를 치우듯 그의 눈빛이 예영으로부터 거두어 졌
을 때 문을 두드리며 영식이 들어왔다.

"나랑 같이 가요. 여기서 나가잔 말이에요."

한시간 후,
예영은 몸까지 비어진 듯한 수연의 곁에 앉아 있었다.
수연을 위해 도움을 청하러 갔던 그 길에서 왜 또 다른 욕
망이 눈을 치뜬 것인지 알 수 없었다.

"수연씨! 우리가 처음 만났던 그날 생각나요? 그날도 오
늘처럼 느낌이 좋았어. 절망뿐인 것 같았는데 희망의 그
림자가 내 앞에 있더라구."

예영은 영식의 말대로 그 무언가를 기다리기로 했다. 인
생이 예측불허의 삶이라면서도, 그 삶을 때로는 놓고 싶
다고 말하면서도 또 다른 것을 기다리고 있는 자신이 미

친 짓이라는 것을 알고 있으면서도.

5

어둠이 검다고 말할 수는 없지만 밤의 색채가 검은 색이 아닌 지금과 같은 빛깔을 가지고 있었다면 두려움은 느끼지 못했을 것이다. 하늘도 땅도 주위도 모두가 전부 밝은 초록색을 띄고 있는 공간에서 살아가는 시간은 멈춘 듯이 평온했다. 생각도 초록색으로 피어나고 공기도, 냄새도 하물며 수연의 몸까지도 온통 초록색으로 나타났다. 눈을 감고 있어도 그것들은 선명하게 보였다. 수연은 지금 자신이 누워있는 곳이 풀밭일 거라고 생각했다. 하지만 그것들은 다른 세계의 풀들과는 전혀 달랐다. 날카롭고 뾰족하게 하늘을 향해 칼날을 세우고 있는 것이 아니라 두

루뭉실하게 자신을 폭 감싸주고 있어 그보다 더 편할 수
가 없었다. 그 모두가 다 하나로 이루어져 있는 공간, 수
연은 그 세계에 누워, 움직일 마음이 전혀 없었다. 온전히
자유로울 수 있는, 그 어떤 상처나 고민으로부터 안전할
수 있는 이곳이 너무나 마음에 들었다.

(돌아와줘)

누군가 끊임없이 수연을 불렀다. 그 간절함은 애절하고
도 서러웠으나 이내 사라져 버렸다. 어느 경로를 통해서
이 세계에 닿았는지는 알 수 없지만 도착한 순간부터 한
순간도 쉬지 않고 들려오는 소리는 초록으로 피어올라 마
음에 닿았기 때문에 조금도 아프질 않았다. 온통 상처뿐
이었던 어린 시절의 그녀도, 예영과의 편치 않은 관계도,
장쉬에에 대한 자신의 마음까지 신기하게도 아프질 않았
다. 하지만 들려오는 소리들은 잠시 그녀를 슬프게 했다.
초록이 아닌 검은 빛깔로 들려왔다가 이내 초록으로 변해
버렸지만.

(당신이 필요해)

이번에는 또 다른 목소리다. 강하지만 나약한, 조용하지만 쉴 새 없이 들리던 또 하나의 소리. 마치 CD의 한 곡을 반복해 놓은 것처럼 일정하고 정확하게 초록 세상을 울렸다. 도대체 누가, 어떤 사람들이 이토록 열광적으로 소리들을 토해내고 있는 것일까. 분명 같은 세계에서 들리는 소리들이 아니다. 멀고 먼 태양계와 은하계를 지나도 결코 닿을 수 없는 무명한 공간으로부터 도움을 요청하고 있는 것이다. 하지만 운명도 신도 아닌 수연이 줄 수 있는 도움은 아무것도 없었다. 단지 지금은 몽실몽실한 초록 세계에 누워 한가롭게 평안함을 맛보는 기회를 얻은 것이다.

(돌아와줘)
(당신이 필요해)
(돌아와줘)
(당신이 필요해)

―누구지? 누굴까?―

실의에 빠져 검은 소리를 내는 다른 세계 속 사람들의 절망적인 소리는 더 이상 잡담처럼 따분했다. 소통할 수 없는 다른 세계를 이해하는 것은 불가능한 일이니까. 수연의 궁금증은 잠시 머물렀다가 세계 어딘가로 사라졌다. 밤인지 낮인지 알 수 없는 총총한 초록의 향연들이 계속되었다. ―난 돌아가고 싶지 않아. 날 필요로 한다 해도.― 같은 빛을 내는 햇살이 따뜻하고 고요했다. 이 세계에선 모두가 같은 크기와 색깔로 높은 자도, 많이 가진 자도 없었고 자격지심이나 이질감도 느껴지지가 않았다.

*＊＊

‘일어나요 어서.’

(무슨 소린가를 들었는데 당신의 소리였나요?)

‘그래요. 난 당신이 필요해.’

(난 여기가 좋아요)

‘여긴 당신이 없어. 돌아와서 나와 함께 있어줘.’

(그럴 수 없어요)

‘왜지?’

(어떤 일에나 댓가를 지불해야 된다면 당신은 지금 댓가를 지불하고 있는 중이에요)

‘댓가?’

(그래요 댓가)

‘무엇에 대한 댓가지?’

(묻지 말고 생각해 봐요. 알 수 있을 거예요)

‘그럴 수밖에 없었어. 당신이 다칠 걸 알고 있었으니까.’

(사람들은 어떻게든 상처를 받아요. 당신이 아니었대도)

‘더 많은 상처를 주었을 거야.’

(모르는군요. 상처는 좌절과 분노를 만들어 내기도 하지만 때로는 단단한 힘을 가진 용기와 희망으로 거듭나 나타나기도 해요)

‘그래도 피하게 해주고 싶었어.’

(알지 못하는군요. 우리는 모두 상처란 세계 속을 살아요. 아무리 귀퉁이로 몸을 숨긴다 해도 피할 수는 없는 거예요)

‘그래서 다른 세계로 간 건가?’

(그럴지도)

'진심으로 당신이 보고 싶어.'

(같은 공간 안에 있어도 그리움은 있어요)

'당신이 너무 멀리 갈까봐 난 두려워.'

(걱정하지 말아요. 같은 공간 안에 없다고 해도 사랑할 수 있어요. 난 아직도 제임스 딘의 사진을 보면 가슴이 설레는 걸요!)

'당신이 날 사랑하긴 했나?'

(의심에 믿음을 오려 붙여 봐요. 사실을 볼 수 있을 거예요)

'난 당신을 이렇게 만들었어. 그래도?'

(운명은 아무리 해도 내 편은 안 돼 줄 텐데 그래도?)

'당신은 확실히 바보로군.'

(알고 있어요)

'날 용서해 줄 수 있나?'

(당신이 잘못한 게 아니에요. 운명이 우릴 만나게 한 것뿐이지. 그래도 난 감사해요. 운명이 아니었다면 나 같은 거 신경도 안 썼을 거야 당신)

'그렇지 않아. 당신은 충분히 아름다워.'

(별은 아름답지만 그 빛은 아주 약해요)

'태양은 빛나지만 아름답진 않아.'

(태양의 아름다움은 일출과 일몰 때라고 했어요)

'그럼 떠나는 일만 남았군!'

(그건 옳지 않아요. 아름다움은 보이기 위해서 존재하는 게 아니니까요. 스스로 때가 되면 아름다워지는 법이예요)

'당신을 편하게 해주고 싶어.'

(그래서 이곳에 있잖아요)

'춥지 않나?'

(여긴 추움도, 더움도 느낄 수 없어요)

'그럼 무엇을 느끼지?'

(희망도 절망도 없다는 것)

'행복하군.'

(당신은 정말 아는 게 하나도 없군요. 희망도 절망도 없다는 것은 내가 존재하지 않는다는 거예요)

딱 이만큼만 배워서 시작한 사랑이다. 이런 상황에서의 대처법 같은 것은 배운 일이 없었다. 아무도 알려주지 않왔다. 쉬에는 병원 앞에 세워 두었던 차를 빠르게 몰았다. 그녀에게서 도망칠 수 있는 최대한의 속력으로. 수군대는 마음의 부끄러움을 덜어내기라도 할 요량으로 가쁘게 차를 몰았다. ―**나는 가장 비싼 댓가를 치뤘어.**― 서울의 밤엔 그 어디에도 별이 보이지 않았다. ―**당신이 그리워.**―

＊＊＊

"아무리 찾아도 없어진 물건은 찾지 않는 게 좋아. 떠나고 싶었던 거야. 언젠가 다시 눈에 띄면 돌아오고 싶었던 거라고 생각하면 돼."

언젠가 급하게 모니터링을 해야 할 드라마를 보기 위해 TV 리모컨을 찾았다. 마음은 급한데 아무리 찾아도 없는 리모컨을 한 시간쯤 애타게 찾다가 바로 옆에 놓아두었던 것을 보고는 화가 머리끝까지 치밀어 올라 그것을 바닥에 내던져 버렸다. 사실 그것은 예영의 잘못이었다. 보고도 지나쳐 버린 자신의 잘못을 드라마가 끝난 것을 알고 애꿎게 리모컨의 잘못으로 돌린 것이다. 그로부터 얼마 후,

그 드라마에서 예영의 모습이 엉망이었다는 것을 영식으로부터 전해 듣고 괜스레 화를 내었던 리모컨에게 미안함을 느꼈다. 어쩌면 자신을 보호하려 했던 것인지도 몰랐다. 엉망이었던 TV 속 자신으로부터 아파할 것을 미루어 짐작하고 보여주지 않으려 희생을 감수하며 숨어버렸던 것인지도 몰랐다. 때로는 보지 않으면 좋을 것이 있는 것이므로.

"난 내 안의 상처말고는 아무 것도 보려 하지 않았어요."

"당신 잘못이 아니야."

"내 잘못이에요."

"운명이 데려다 놓은 것이라고 하더군."

"누가요?"

"……."

"난 너무 힘이 들었어요."

"그만한 상처 하나쯤 없는 사람은 없어."

"나도 알아요. 하지만 알면서도 위로 받고 싶은 거예요."

“기대하지 않는 게 좋아.”

“냉정한 사람이군요.”

“만성적인 위로는 도움이 되질 않아. 그저 듣기 좋은 말
일뿐이지.”

“무서운 사람.”

“원한다면 언제든 나갈 수 있어.”

“당신은 늘 빠져나갈 구멍이 있군요. 내 선택에 들어왔
으니 나갈 때도 내가 선택해라?”

“이제야 말이 통하는 군.”

“이제야 알아주는군요.”

“당신은 좋은 여자야.”

“나도 알아요.”

어쩌면 그에게서 듣고 싶었던 말이 이런 것이었는지도
모른다. ―좋은 **사람**.― 알고 있으면서도 끈적끈적하게 달
라붙었던 이유. 예영은 지금에서야 될 수 없었던 자신을
느꼈다. 그 느낌이 끝을 알리는 신호 같은 거래도 할 수
없었다. 운명은 정확해서 그 끝까지 정해 놓았을 것이므
로. 예영은 그에게로부터 떨어져 나와 홀로 걸었다. 밤의

잔해가 토해낸 뿌연 안개가 서린 한산하고도 위험천만한 새벽 거리를. 그와는 단 한번도 마주 선 일이 없었다. 친구로도 연인으로도. 이 세계에선 서로 대화가 통하는 사람끼리 친구가 되고 연인이 된다. 서로 같은 더듬이를 가진 사람들끼리. 그러나 그와 예영은 닮은 점을 찾지 못했다. 그 내용까지 일일이 비교해 가며 되짚고 싶은 마음은 없었다. 가장 솔직했었던 마음까지 잠가야 할 시간이므로.

수연은….

그와 많은 것이 닮아 있었다. 닮고 싶었던 자신과는 달리 이미 닮아 있었던 수연이 예영은 부러웠다. 아무리 노력해도 되지 않는 것, 그 것은 운명만이 가능한 것이다. 수연보다 먼저 그를 만났었더라도, 보다 먼저 사랑을 하게 되었더라도 다른 사람의 운명은 가로챌 수 있는 것이 아니다. 예영의 한숨이 이 세계의 상처 속으로 길게 뻗어 나갔다. 알아낸 것보다 알아진 게 값어치있다고 했던가. 그 값을 혹독하게 치른 예영이 어딘지 모를 곳을 걷고 있었다. 사랑에 빠질 때는 잘 알고 있던 길인데 끝이 나면 어디로 가야 하는지 모르는 길을 걷는 것처럼. —좋은 사람! 나쁜 사람은 아니었단 말이지?— 예영의 허기진 웃음이 검은 밤의 색채 속 어딘가로 사라졌다.

＊＊＊

'하루가 가고 있다는 것이 이렇게 두려울 수도 있을까 수연아?'

뜨겁던 여름이 가고, 가을을 지낸 후에 겨울에 들어선 지도 꽤 여러 날이 지났다. 사람들의 겉옷은 갈수록 두터워지고 있지만 낮의 햇살은 여느 계절보다도 좋았다. 그러나 아직 수연은 해를 등지고 사는 사람처럼 어둡고 창백한 모습으로 햇살에 부서져 버릴 듯 꼼짝도 하지 않고 그대로 병실 창가 옆에 누워있었다.

'수연아! 그 사람 한번만 봐 주라.'

예영은 수연의 손을 잡았다. 앙상하게 뼈만 남은 손에서도 믿을 수 없는 온기가 느껴졌다. 예영은 수연의 손을 얼굴에 대었다. —따뜻해.— 오늘처럼 가끔 수연이 눈을 뜨고 한없이 병실 천장만 바라다보고 있는 날에는 오히려 조급함이 커졌다. 언제쯤이면 그녀의 눈을 바라보며 이야기를 할 수 있을지, 함께 보던 드라마나 개그 프로 같은 것이 언제쯤이면 그녀의 입가에 웃음을 줄 수 있을지 그 성급함에 흔들어서라도 그녀를 깨우고 싶었다. 무엇보다도 힘든 것은 그를 보는 일이었다. 촬영장에서 그를 보고 있자면 자기가 곧 죽으리라는 것을 알고 있는 사람처럼 암울해 보였다. 그가 웃고 말하는 모든 행동들이 영혼을 내팽개쳐버린 듯 무성의하게 보였다. 너무 예뻐서 주책없이 자꾸 웃음이 났던 그의 모습이 하루하루 사라져 가자 예영은 자신도 따라 사라지고 싶었다. 그것이 어디든 상관없이.

'너희 두 사람 정말 웃겨. 정말 기가 막히게 웃긴 거 알아?'

예영의 얼굴이 수연의 손과 함께 침대로 묻혔다. 한번도 깜빡이지조차 않는 수연의 눈을 바라보고 있자니 가슴이 터져 버릴 것만 같았다. 이 사람들은 어째서 아무 말도 안 하고 있는 것일까. 억울하지도 답답하지도 않은 것일까. 깊은 잠에 빠져서 깨지 않고 있는 그녀는 어쩔 수 없다 치고서라도 그는 왜 아무 말도 하지 않는 것일까. 기자들을 죄다 불러모아서는 아니더라도 지나치듯 사실을 밝히면 될 일을 왜 그토록 굳게 입을 다물고 있는 것인지 이해할 수가 없었다. 어쩌면 사실이 아닌 변명들을 쏟아 놓아야 할지 몰라서 굳게 다문 것인지도 모르지만 예영은 감히 상상도 할 수 없었다. 고작해야 사랑 하나 지켜 내자고 억울한 누명을 죄다 뒤집어써야 할 만큼의 사랑은 단 한번도 받은 적이 없었기에. 하지만 그들의 사랑은 좀 달라 보였다. 각각 다른 세계에 살면서도 대화라는 걸 하고 있는 모양이다. 소리를 내는 건 더더군다나 아니고 얼굴을 맞대고 눈을 바라보는 것도 아닌데, 서로를 이해하고 있는 것처럼 같은 행동을 해 보였다. 그 행동들이 어떤 영향력을 발휘하는지에 대해서는 조금도 신경 쓰지 않았다. 다만 서로를 걱정하고, 단지 서로를 사랑할 뿐인 것이다.

'그럼 안됐지만 니가 원하는 걸 하렴. 방해하지 않을게!'

아주 쉬워 보였다. 혼자 있는 것에 익숙한 것이. 예영은 대학교 시절 혼자 밥을 먹거나 영화를 보는 일에 서툴렀다. 식당에서 홀로 밥을 먹는 일은 거의 없었고 혼자 먹어야 할 일이 생기면 항상 두개를 집으로 배달시켰다. '—난 혼자 밥을 먹을 만큼 외로운 사람이 아니야—' 라고 말하듯. 하지만 수연은 달랐다. 패스트푸드점에 홀로 앉아 햄버거를 먹거나 혼자 영화를 보는 일이 매우 자연스러웠다. 쇼핑이나 여행도 혼자 스스럼없이 해냈고, 어려워하거나 남을 신경 쓰는 일도 없었다. 예영은 수연의 외로움의 깊이를 가늠해 보았다. 아니 가늠해 보려 애썼지만 소용 없는 짓이었다. 자신과는 너무 다른 깊이가 오히려 예영의 머리 속을 복잡하게 만들었다. 어느새 겨울의 이른 밤이 찾아왔다. 어슴푸레하게 깔리는 어둠에 숨이 막히는 것만 같았다.

'이제 그만 이 음침한 병실에서 나가는 게 어때?'

"여길 나가고 싶어."

예영의 얼굴에 눌렀던 수연의 손이 잠시 움직이는 것 같다고 생각했다. 하지만 자신의 귀에 들린 소리가 현실의, 그러니까 지금 자신의 귀로 들어온 것인지는 정확히 알 수 없었다. 당황한 예영이 얼굴을 들어 수연을 바라보았다. 그녀의 눈동자가 서서히 움직여 자신과 눈을 맞추어졌을 때 다시 한번 말했다.

“여길 나가고 싶어 예영아.”

＊＊＊

인천 국제공항 입국장 앞이 부산했다. 저마다 다른 이유로 입국장을 찾은 사람들은 이 놀라운 진풍경에 어리둥절했다. 긴 비행을 끝내고 빠져 나오는 사람들과 그녀를 취재하기 위해 모여든 기자들, 그리고 그녀의 팬들이 뒤엉켜 복잡하기 이를 데가 짝이 없었다. 수십 명이나 되는 경찰들과 경호원들이 입국장 앞을 에워싸고 행사를 위해 모인 팬들과는 상관없이 궁금증에 목이 마른 사람들까지 합류해 다른 이유로 공항을 찾은 사람들의 눈살을 찌푸리기에 충분했다.

현재 시간 4시 42분.

이십분 전에 도착한 비행기에서 내린 사람들이 속속 출국장 안을 빠져나오고 있었다. 오랜 여행을 마치고 돌아온 사람도, 십년만에 재회를 하는 사람도 뜨거운 프옹에 앞서 그저 줄과 열을 맞춰 앉아 있는 사람들에게로 먼저 시선을 꽂았다. 같은 옷을 맞춰 입은 한 팬클럽의 희장은 자신이 속한 팬클럽을 돋보이게 하기 위해 질서를 장조하며 십미터나 되는 플래카드를 넘어지지 않도록 잘 잡고 있으라고 크게 소리쳤다. 그러면 또 다른 팬클럽에서는 뒤질세라 대만 가요를 열창시켰다. 그러면 신기하거도 회원들은 입 모양 하나, 토씨 하나 틀리지 않고 완벽하게 따라 완곡을 했다. 어린 경찰들은 그 모습을 보고 키득거렸고 지나가던 어르신들은 혀를 찼다. 기자들은 기자들대로, 팬들은 팬들대로, 그들과는 상관없이 나머지의 사락들과 뒤죽박죽 얽히고 설켜 공항은 질서고 뭐고 없는 것 같아 보였다. 입국장의 자동문이 열릴 때마다 팬들은 소리를 지르며 고개를 늘렸다. 그리고 드디어 백옥같이 횐 그녀가 모습을 드러냈다. 팬들은 이때를 위해 목소리를 아껴

왔다는 듯 소리를 지르며 플래카드를 흔들었고, 여기저기서 카메라의 플래시가 터졌다. 그녀는 조금도 당황스럽지 않은 표정으로 손을 흔들며 한국말로 '사랑해요'라고 서툴게 말했다. 그러자 감동한 팬들은 동시에 손으로 하트를 만들어 보이며 '사랑해요'라고 답례했다. 수줍게 웃던 그녀가 기자들을 위해 잠시 포즈를 취하고 준비해 둔 차로 이동하기 위해 발을 떼자 동시에 일어난 팬들이 기자들과 엉켜 금새 아수라장이 되었다. 당황한 경호원들과 경찰들은 서로 손에 손을 잡고 그녀의 안전에 최선을 다하는 모습이었지만, 이미 흥분한 팬들을 저지시키기에는 역부족이었다. 넘어져 카메라가 부서져 버린 기자는 팬들에게 밟혀 응급차에 실려가야 했고, 팬들 중에는 여러 명이 골절상을 입었다는 기사가 다음날 신문에 대문짝만하게 실렸다.

양선의 입국에 대한 진실은?

어제 오후, 4시 20분경 인천 국제공항을 통해 입국한 대만계 홍콩 최고 모델 양선을 두고 팬들의 궁금증이 하늘로 치솟고 있다. 십년을 넘게 장쉬에의 연인으로서 자리매김을 확고히 하고 있는 양선은 이번 파문의 희생자로 그녀의 행동을 팬들은 주시해왔다. 전 아시아가 떠들썩한 가운데에도 전혀 움직임이 없던 그녀가 일정에도 없는 한국행을 결심한 이유에 대한 궁금증은 너무도 당연한 일이 아닐까. 하지만 그만큼 그녀가 다급했다는 점에서 팬들은 안타까운 마음을 금치 못하고 있다. 엄청난 국내 팬들을 확보하고 있는 양선의 돌발적 입국은 팬들을 흥분시키기에 충분했다. 열두 명의 부상자를 낸 신고식으로 이미 이슈가 되고 있으며, 무엇보다도 그녀와 장쉬에와의 만남이 두 번째 이슈로 확정도어 있어 기자들의 발과 귀는 분주할 따름. 홍콩 최고의 모델 양선, 국내 최고의 배우 한예영, 그리고 도예가 윤수연. 세기에 남을만한 이들의 사각관계가 어떻게 진행될지에 다해 우리는 그저 속수무책 지켜볼 수밖에 달리 도리가 없는 것일까?

＊ ＊ ＊

"카이."

“듣기 싫은 이름이야.”

“카이….”

“내 어머니가 늘 그렇게 부르셨지.”

치가 떨릴 만큼 듣기 싫은 이름이었다. ―카이.― 아버지의 이름이기도 했던.

쉬에의 어머니는 넘칠 만큼 부를 가진 사람들 밖에 사는 가난한 여인이었다. 비가 오면 그대로 비를 맞아야 하는 집에서 자라난 여인은 여행 중이었던 호주인 아버지를 만났다. 전 세계를 누비며 여행가로서의 임무에만 충실했다면 가난한 여인에게 아이를 임신시키는 일은 없었을 테지만 그 둘은 임무에만 충실하기에 너무나 젊고 아름다웠다. 열아홉이던 어머니와 스물일곱의 아버지에게는 세상 그 무엇도 무서울 것이 없었다. 그 순간의 사랑에만 눈이 멀어 후에 일어날 일들에 대해서는 전혀 생각하지 않고 최선을 다해 사랑했다. 사랑이라는 이름으로 만나 열렬히 사랑했고, 이별이라는 이름으로 아버지는 대만을 떠났다. 그 후, 어린 카이가 뱃속에서 자라고 있다는 사실을 안 어머니는 줄줄 비가 새는 새벽 집을 나섰다. 야시장의 찬가게라고 했던가. 그 곳에서 어머니는 몸을 풀었다. 집을 나와 갈곳 없던 어머니는 거리를 떠돌다가 야시장에서 반찬가게를 하는 할머니의 눈에 들어 그곳에서 일을 했다. 아무것도 모르는 어린 여인은 산달이 다가온 줄도 모르고 일을 하다가 반찬가게 구석에서 또 다른 카이를 낳은 것이다. 또 하나의 카이는 무럭무럭 성장해 갔다. 밝고 명랑하지는 않았지만 건강했고 무엇보다도 어머니를 사랑했다. 그러나 어머니는 그것을 몰랐나 보다. 성장한 카이를 보면서 아버지에 대한 집착과 그리움은 날로 커져만 갔고 조금씩 미쳐가기 시작했다. 낡고 허름한 집에서 전기마저 끊겨 버린 어느 날, 어머니는 카이에게 다가와 입을 맞추고 자신의 옷을 훌훌 털어 버린 후 겁먹은 카이에게 안겼을 때 알았다. 어머니가 미쳤다는 것을. 아직 어렸던 카이가 그것을 받아들여야 하는 것은 쉬운 일이 아니었다. 어머니가 미쳤다는 것을 안 것 보다 자신이 어머니에게 아들이 아닌 연인으로 남아야 한다는 것이 더욱더 카이를 힘들게 했다. 카이는 아버지를 원망하기 시작했다. 아니 원망보다는 분노에 가까웠다. 세계 어디라도 자신의 집이 될 수 없었던 아버지의 행동에 카이 스스로는 절대로 아

버지가 되지 않겠노라고, 절대로 사랑 같은 건 하지 않겠
노라고 다짐했었다. 하지만 어머니의 사랑만은 그리웠다.
곁에 있어서, 함께 있어서 그녀의 사랑을 받지 못하는 것
이 늘 아팠다. 카이는 그 모두가 아버지로 인해 벌어진 일
이라고 생각했다. 그 뒤, 카이는 무슨 일인지 서둘러 아버
지를 찾기 시작했다. 복수를 위해서였는지, 어머니를 위
해서였는지는 알 수 없었다. 마치 급한 용무가 있는 사람
처럼 온갖 수단을 동원해 아버지를 찾기 위해 각기 다른
이유를 대고 여러 차례 호주도 방문했었다. 레코딩이 발
달되지 않았던 호주를 고집한 것도 그런 이유에서였다.
성공적이지 못할 콘서트를 고집한 것도 모두가 다 아버지
를 찾기 위함이었지만 결국 카이는 아버지를 찾는데 성공
하지 못했다. 아직도 어머니는 중국의 한 정신병원에 갇
혀 날마다 작은 카이가 아닌 연인 카이를 부르며 다른 세
계를 넘나들고 있었다. 쉬에는 그 순간 호주 콘서트를 끝
내고 숙소를 몰래 빠져나와 만났던 수연을 떠올렸다.

"난 어쩌면 아버지를 닮은 것 같군."
"넌 어머니와 아버지를 동시에 닮았어."

"아버지와 어머니는 미쳤어."

"아니 미치지 않았어."

"미친 사람들은 모두가 그렇게 말해 미치지 않았다고."

"미치지 않은 사람들도 가끔은 자신이 미쳤다고 말해."

"난 미치지 않았어!"

"알아. 하지만 너도 미치고 싶은 거잖아."

"그렇지 않아."

"아무래도 좋아. 난 널 축하하려고 온 거야."

"축하?"

"축하."

"알아듣게 얘기해."

"넌 알아듣고 있어."

"도통 모르겠군."

"언젠가 난 카이, 네가 나를 떠날 거라고 생각했어."

"그게 무슨 소리지?"

"난 지금 너무 행복해."

양선은 카이를 향해 웃어 주었다. 그것이 십년을 넘게
친구로, 다시 10년을 넘게 연인으로 지내온 사람을 대하

는 처사가 아닌지도 모르지만 지금의 그를 위해 할 수 있
는 일의 전부였다.

"널 알고 지낸 날들은 지옥이나 다름없었어."

양선은 그가 자신의 말을 이해한다는 것을 알기에 그렇
게 말해버렸다. 냄새나는 야시장, 그곳에서도 얕은 뒷골
목, 거기서 양선은 작은 카이를 만났다. 비쩍 마른 어린
남자아이가 까맣고 커다란 눈으로 양선이 먹고 있던 만두
를 간절히 원하고 있을 때 양선은 자신이 먹던 만두의 전
부를 남자아이에게 건넸다. 남자아이는 단숨에 그것들을
먹어치우고 그 자리에 서서 아무 말 없이 눈물을 쏟아 냈
다. 알 수 없던 이유의 눈물을 본 여자아이는 그 후 야시
장에서 만두가게를 하는 아버지의 눈을 피해 수 차례 만
두를 훔쳐내 카이에게 가져다주었다. 만두의 양이 적었던
탓에 울었던 거라고 생각하며 항상 넉넉한 만두를 그에게
주기로 한 것이다. 카이는 그 만두를 받아먹으며 행복해
했다. 반찬가게의 주인이었던 일가친척 하나 없던 할머니
가 돌아가시자 가게는 자연스레 카이 어머니의 몫이 되었
지만, 어머니는 그 가게를 제대로 운영하지 못했다. 비가

오면 비가 온다고, 흐린 날만 계속되는 대만의 하늘인데도 흐리면 흐리다고 장사를 걸렀다. 장사가 잘 되지 않자 카이는 날마다 배를 곯았다. 고등 교육을 받을 만큼 성장한 카이의 식욕은 날마다 배로 늘어났지만 허기를 채울 수 있는 것은 양선의 유일한 만두뿐이었다. 그 즈음이었던가. 양선의 만두가 끊긴 것은. 어머니가 병원으로 들어가고 더 이상 그 곳에 있을 수 없던 카이는 타이베이로 거처를 옮겼다. 공업계 고등교육을 받았던 카이는 할 수 있는 일이라면 뭐든지 다했다. 화려한 빌딩과 조명들이 가득한 타이베이의 외진 자전거포에서 온몸에 기름때를 묻혀가며 체인을 갈거나 타이어의 바람을 넣어주는 일을 점포가 망하기 전까지 했다. 음식점 종업원과 배달원, 빌딩에 매달려 창문을 닦거나 거리 청소도 마다하지 않던 어느 날, 모델 업계 사람의 눈에 띄어 모델 일을 하게 될 때까지도 양선은 카이를 만날 수 없었다. 그러다 우연히 전단지 광고 속에서 카이를 찾은 양선은 그를 따라 타이베이로 왔고 함께 모델 일을 하며 우정을 쌓아 갔다. 양선은 카이에게 둘도 없는 친구가 되어 주었다. 그 시간이 양선은 가장 행복했던 시간이라고 생각했다. 둘은 낡고 허름

했지만 조그만 아파트를 얻었다. 단 한 개뿐인 방을 양선에게 내어주고 카이는 거실이라고 말할 수도 없는 작은 통로에서 잠을 잤지만 누군가와 함께 있다는 것이 카이에겐 커다란 행복이고 힘이 되었다. 조그만 상에서 함께 아침을 먹고 센터에 나가 연습을 하고, 저녁에는 아르바이트로 쪼개도 모자란 시간이었지만 힘든 줄도 몰랐다. 서서히 카이가 모델 업계 쪽에서 두각을 나타내고 드라마에서 러브콜을 받고 음반 작업을 하기 시작하면서 양선도 조금씩 이름을 얻어 나갔다. 카이가 출연했던 드라마가 중국과 홍콩 등지에서 각광을 받으며 연말 시상식에서 신인상을 휩쓸자 자연스럽게 양선의 이름이 거론되었고 카이의 매니지먼트사에서는 사람들의 동정을 얻고자 아름다운 거짓 시나리오를 작성해 공식적인 연인으로 보도하였다. 그들은 그렇게 친구에서 연인으로 이십년간을 알고 지냈다. 카이의 덕분에 이만큼의 자리에 오른 것일지도 모르지만, 양선은 곱고 차분한 마음씨로 사람들에게 좋은 평가를 받았다. 늘 겸손하고 겸허한 자세의 양선은 외적인 아름다움보다는 내적인 아름다움이 보다 컸다. 부와 가난이 공존하는 사회 속에서 가난을 이해할 줄 알았고

높은 자들보다는 낮은 자들에게 손을 내미는 그녀는 대만
과 홍콩, 중국 등에서 최고의 국민 모델로 평가를 받고 있
었다. 그 무렵, 소속사를 홍콩으로 옮기면서 그녀와 카이
와의 관계가 날마다 이슈거리였던 때가 있었다. 일 문제
로 또는 친구 관계로 잠시잠깐만 사람을 만나도 '—**장쉬
에가 양선을 버렸다**—' 라는 기사가 났다. 호텔 커피숍에
서 차를 마시고 나오면 정사를 치른 것처럼 보도가 되었
고 카이에게 접근한 여자들은 거절당했다는 이유로 거짓
증언을 했다. 하지만 카이는 눈 하나 까닥하지 않았다. 자
신도 거짓 속에 살고 있었으므로. 그러나 양선은 달랐다.
거짓이 아닌 진심으로 그를 사랑하고 있었다. 냄새나는
시장 통에서 커다란 눈망울을 가진 남자아이를 처음 만났
을 때부터의 사랑은 쉬이 끝이 나질 않았다. 사랑은 절대
로 하지 않겠다고 다짐한 카이에게 양선은 사랑을 바라지
않았다. 그것이 사랑을 지켜내는 방법이었던 것이다. 그
저 함께 있어주고 묵묵히 바라봐 주는 것이 카이에 대한
자신의 사랑을 지켜내는 길이라고 믿었다. 그러나 그가
한국으로 떠나고 며칠 되지 않아 들려오는 소식들은 양선
의 마음을 아프게 했다. '—**드디어 떠날 때가 된 거야**—'

라고 생각했지만 단지 기뻐할 수만은 없는 소식들이었다. 양선은 한국에 그와 같이 있던 케리에게 전화를 걸어 전후 상황을 들었다. 그것은 더 이상 자신이 카이의 옆자리를 지키고 있어서는 안 된다는 느낌이었다. 양선은 그의 짐을 덜어 주고 싶었다. 자신의 아픔보다는 카이의 아픔이 언제나 먼저였던 탓에 스스로 나서서 일을 해결해야 한다고 생각했다. 카이는 한번도 이야기하지 않았다. 그러나 양선은 알 수 있었다. 자신이 먼저 그를 떠나지 않는다면 절대로 먼저 자신을 떠날 수 없으리란 것을. 그것이 사랑이든 사랑이 아니든, 아버지와 같은 길은 절대로 가지 않을 카이였기에 자신이 먼저 보내야 한다는 것도. 양선은 그 길로 모든 일정을 미뤄두고 한국행 비행기에 올랐다. 그 비행기 안에서 양선은 옳은 것과 옳지 않은 것에 대해 생각했다. 그를 떠나지 못하게 잡아 두는 것, 그를 떠나보내는 것. 그러나 양선은 끝내 카이의 손을 들어 주었다.

"양선. 널 알고 지낸 동안 너무나 황홀했어. 내 생애 가장 아름다운 순간이었을 거야. 하지만 난 절대로 널 그리워하지 않을 거야."

카이는 알고 있었다. 자신에 대한 양선의 사랑을. 길고 어둡던 길을 양선의 보살핌이 아니었다면 단 한발자국도 뗄 수 없었을 것이다. 하지만 그녀를 사랑할 수가 없었다. 그녀를 좋아하지만, 그녀의 영혼은 아름답지만 그녀가 가지고 있던 기억들이 자신을 소름 돋게 했다. 그는 어린 시절의 기억들을 모두 잊고 싶었다. 할 수만 있다면 뇌를 들어내서라도 그렇게 하고 싶었다. 어린 카이와 아버지 그리고 자신의 어머니까지 그녀를 보고 있자면 단 한순간도 잊을 수가 없었다. 어린 시절을 고스란히 함께 지내 온 그녀에게선 그들의 냄새가 짙게 묻어났다. 조금만 멀리 떨어지려 해도 그녀가 다가오면 기억들이 뭉게뭉게 피어올랐다. 그것은 자신이 아버지와 어머니 그리고 어린 카이와 양선을 사랑할 수 없는 이유와 같았다. 양선이 소속사를 홍콩으로 옮기면서 조금씩 잊혀져 가던 기억들이 양선과 마주 선 이 순간, 또다시 그를 괴롭혔다.

"나 역시 널 그리워하지 않을 거야."

양선은 지금의 이 말을 절대로 잊을 수 없을 거라고 생각했다.

"아버지를 용서해서 다행이야!"

언젠가 양선은 생각했다. 그가 사랑을 인정하게 되는 날
이 오면 아버지를 용서할 수 있게 될 거라고. 잠시잠깐 그
가 영원히 아버지를 용서할 수 없게 되기를 바랐던 적도
있지만 그것 또한 올바른 생각이 아니었다. 그가 행복하
기를 바라면서 바람직하지 못한 생각을 가진다면 진정한
사랑이 될 수 없는 것이므로.

"아주 중요한 부탁이 있어 카이."

양선의 눈빛이 흐리게 흔들렸다. 구원을 받지 못한 자
의 눈물 같은 것이 아니라, 구원을 받지 못한 이유를 알게
된 자의 눈물이었다.

"내가 널 버리게 해줘."

마지막까지 양선은 그의 손을 들어주기로 했다. 만약 그

가 자신을 버린 것으로 보도된다면 세상은 그를 가만 놔두지 않을 것이다. 어차피 그의 사랑은 진심이 아니었으므로 마지막까지 거짓이 된다 하여도 문제될 것이 없었다. 처음부터 그랬던 것처럼 거짓은 거짓으로 끝나고 진심은 진심으로 끝이 나야 기억에도 좋을 것이다.

"그녀를 그냥 내버려두지 마. 상처는 쉽게 아물지 않아. 용기를 내 카이!"

＊＊＊

장쉬에와 양선 결별 선언!

삶이 흥미로운 것은 일분일초 후에 벌어질 일들조차 알 수 없다는 것이다. 지난 이틀 전 인천 국제공항을 통해 입국했던 양선(사진. 아래)이 팬들의 기대를 저버리고 오늘 오전 홍콩으로 돌아갔다. 출국 직전 기자회견을 통해 '더 이상 그를 봐줄 수가 없다'며 장쉬에에게 이별을 통보하러 온 것임을 밝힌 양선은 '십년만의 질긴 인연을 끝내 기분이 상쾌하다'고 덧붙여 팬들의 가슴을 착잡하게 만들었다. 그간 팬들은 한예영과의 만남을 응원하기도 했지만 10년을 넘게 그의 곁에 있어준 양선과의 사랑도 지켜주고 싶어했다. 그러나 운명은 한예영의 손을 들어준 것일까? 지난 십년간 그의 연인으로 지내오면서 맘 고생을 말해주는 듯, 양선은 기자회견 내내 억지로 눈물을 참는 모습이었다. 그 모습이 취재를 하러 모여든 많은 기자들의 눈시울을 적시게 했다고. 이로써 수많은 스캔들을 일으킨 장쉬에는 공식 솔로의 길로 들어선 셈이지만, 후보자가 기다리고 있는 만큼 그를 가슴에 담은 모든 사람들에게 기회는 없을 것 같다. 하지만 끈기를 갖고 기대해 보자. 삶이 흥미로운 것은 일분일초 후에 벌어질 상황들을 알지 못한다는 것일 테니 말이다.

─이젠 나도 정리 대상이 되겠군.─

예영이 기사를 보고 있다가 지루한 듯 TV를 켰다. TV에서 조차 장쉬에와 양선, 자신과 장쉬에를 엮지 못해 안달을 냈다.

─너무 재미있는 세상이야.─

예영의 웃음이 샜다. 얼마 전까지만 해도 죽이지 못해 안달을 내던 윤수연은 그 어디에도 없었다. 짧은 기사를 읽고 또 확인을 해 보아도 기사의 절반을 차지했던 윤수연이라는 이름은 그 어디에도 없었다. 씹을 때는 한없이 씹다가 버릴 때는 쉬운 껌처럼 간단하게 사람들은 날마다 죄책감 없이 죄를 저지른다. 그것이 자신에게 해가 되지 않는다면 더욱더 간단하고 쉽게. 예영은 시계를 올려다보았다. 두 시간 후면 면회가 가능했다. 잠시뿐이지만 면회를 하고 촬영장에 가야겠다고 생각했다. 예영은 TV를 그대로 켜두고 부엌으로 갔다. 수연을 위해 무언가를 준비하고 싶었다. 이런 모든 마음이 그녀에게 용서받기 위한 치레라 할지라도 최선을 다하고 싶었다. 예영은 다침에 끓여 놓은 전복죽을 보온병에 퍼 담으며 수연을 생각했다. 수연은 아무리 완벽한 치료를 받게 된다 하더라도 절대로 상처가 아물리 없어 보였다. 적었던 말수가 절반으로 줄어 말을 할 줄 모르는 사람 같았고, 가늘던 몸이 반으로 줄어 나뭇가지 같다고 느꼈다. ─도대체 뭘 안다고─ 예영은 수연을 그렇게 만든 자신과 사람들이 미웠다. 사람들의 지나친 엄포에 그녀가 몸살을 앓고 있는 것이 화가

났다. 생존 문제를 두고 그녀를 공포로 몰아낸 사람들은
언젠가 분명 자신도 댓가를 지불해야 할 거라고 생각했다.
자신조차도….

"준비 됐어요?"
영식의 전화였다. 어제 일러두었던 대로 두 시간 전 자
신을 데리러 왔다는 전화였다. 예영이 보온병을 들고 빌
라 앞에 모습을 드러내자 영식은 "빵"하고 클랙슨을 누르
며 자신의 위치를 알렸다.

"뭐예요?"
"전복죽."
"냄새가 좋은데요."
"실장님 아프시면 제가 끓여 줄게요."
"그럼 그 죽 나주면 되겠네."
"실장님 어디 아프세요?"
"늘요."
"늘?"
"모르는 게 나아요. 알면 다쳐요."

영식을 따라 예영도 함께 웃었다. 때로는 처음부터 모르
는 것이 좋은 일들이 있다. 알면서도 모르는 척하는 것보
다 처음부터 깨끗하게 모르는 것. 그것이 삶을 이겨내는
좋은 방법일지도 몰랐다.

"내일은 실장님 죽을 끓여야 할까봐요."

***

'난 기다렸어. 해야 할 많은 말들을 준비해 두고서 말이
야. 하지만 말할 수 없었어.'
'아직은 충분하지 않은 것뿐이에요.'
'충분하지 않다고?'
'그래요. 충분히 기다리지 않은 거예요.'
'난 오래 기다렸다고 생각해.'
'그건 자신이 선택하는 게 아니죠.'
'기다리는 시간이 너무 힘들어.'
'행복한 시간으로 만드는 건 자신의 몫이에요.'
'행복하지 않은데 어떻게 행복할 수 있을까?'

‘그래서 제가 말했잖아요. 다른 그 무엇도 생각하지 말아요. 단지 하나가 되기 위한 바람만을 가져요. 그러면 두려움도 사라지고 행복할 수 있을 거예요.’

비와 대화할 수 있는 건 솔직함 때문이다. 한 치의 거짓 없이 감정을 드러내기 때문에 깊게 생각하지 않고도 충분히 이해할 수 있었다. 돌려 말하거나 비꼬지도 않았다. 재거나 트집을 잡는 일도 없었다. 다소 수다스럽기는 해도 귀를 기울여 줄지 알고 목마른 궁금증에 최선을 다해 도움을 주는 친구 같은 존재가 바로 비였다. —**알았어! 알았다구!**— 창문을 두드리며 호들갑스럽게 다짐을 받아내는 것을 잊지 않는 것 또한 수연이 비를 좋아하는 이유다.

“너 웃는 거 정말 오랜만이다. 늘 웃음이 샜는데.”
수연이 창 밖의 시선을 거두어 예영을 바라보았다.

“억울할 땐 웃는 게 아니라 화를 내는 거야.”
“무엇을 향해?”
“화를 낼 무언가가 없더라도.”

“화를 내면 행복해질 수 있을까?”

“화를 내면서 어떻게 행복해질 수 있겠니.”

“난 행복해지길 원해.”

“그래서 화를 내지 않는 거니? 그렇다면 넌 지금 행복해야 하잖아.”

“행복하지 않은 것도 아니야.”

“행복한 것도 아니잖아.”

그게 문제였다. 행복하지 않은 것도 아니면서 행복한 것도 아닌 것. 그를 곁에 두고 싶은 것도 아니면서 떠날 수도 없는 것. 이러지도 저러지도 못한 상태에서의 행복은 없는 것이다. 선택의 옳고 그름을 떠나 제대로 된 한쪽의 선택만이 행복을 가져다 줄 수 있는 것이다.

“난 알았어. 아무리 잘 짜여진 계획표라 할지라도 문제를 일으킬 수 있다는 걸.”

“넌 문제를 일으키지 않았어.”

“어째서지? 널 이렇게 만들었잖아.”

“네 잘못이 아니야. 문제를 일으킨 건 오히려 나야.”

"그렇게 말해줘서 고맙긴 하지만 너에게 용서받아야 할 일들이 너무 많아. 널 기다리면서 내가 두려워하고 있다는 걸 알았지. 니가 나를 잊었을까봐, 영원히 돌아오지 않을 작정을 한 사람 같아서 무서웠어. 기회마저 사라질 것 같았거든."

"난 내내 기다렸어."

"진짜?"

"진짜."

"다시 너의 친구가 될 수 있을까?"

"바보! 기다리고 있잖아. 안보이니?"

이미 하나쯤은 행복해지고 있었다. 선택을 하고 나니 홀가분해진 마음이 행복이 되었다. 아직은 결정해야 할 일들이 남아 있기는 하지만 가능한 한 빨리 정리할 수 있으리라고 생각했다. 자신의 편이 생겼다는 것은 예감을 좋게 한다. 수연은 어떤 기적 같은 기운이 자신을 도우려 한다는 것을 알아 차렸다. 그것은 자신의 몫인 행복이 서서히 기운을 차리기 시작한 것이었다.

*　*　*

‘우린 언제나 널 기억해 왔단다.’

‘정말요?’

‘그럼! 우리가 어떻게 사랑하는 딸을 잊을 수 있겠니?’

‘난 언제나 사랑받지 못하고 있다고 생각했어요.’

‘그렇지 않아. 네가 말했잖니. 같은 공간 안에 없다고 해서 사랑할 수 없는 게 아니라고.’

‘그건 초록 세계에서 한 말인데 어떻게 들으셨죠?’

‘우린 늘 너와 함께 있으니까.’

‘제가 힘들 때도요?’

‘물론이야. 네가 하나하나 이겨내는 것을 보면서 우리가 얼마나 대견해 했게!’

‘정말요?’

‘그럼. 그때마다 우리는 축배를 들었단다.’

‘보고 싶어요. 엄마, 아빠!’

간밤 기분 좋은 꿈을 꾸었다. 아무리 기억해내려 해도 떠오르지 않던 엄마, 아빠가 좋은 시기에 맞춰 꿈에 나타나 주었다. 수연은 설 깬 잠 속에서 눈을 뜨고 싶지 않았다. —아직 할 이야기가 많은데.— 억지로 눈을 뜨니 햇살이 수연을 넘어 방의 끝까지 들어와 있었다. 너무 오랜만에 약의 기운을 빌리지 않고도 꽤나 오래 잠을 잔 것도 같은데 아직도 눈꺼풀이 무거웠다. 수연은 충분하지 못한 잠이 남아 있는 상태로 방 안을 찬찬히 훑어보았다. 기억하는 대부분의 물건들이 제자리에 놓여 있었다. —언제였더라?— 출입구 옆의 콘솔에 놓여있던 액자에서 멈춘 시선이 예영과 함께 찍은 사진을 보며 속삭였다. —맞아! 그때였어.— 생각해 낸 기억이 현재인 듯 시치미를 뗐다. 예영이 배우가 되고 나서 마지막 여행에서였다. 사람들이 예영을 알아보기 시작할 무렵 다시는 자유롭게 여행을 할 수 없을지도 모른다는 염려에서 우리는 함께 여행을 떠났었다. 목적지를 정하지 않고 시작한 여행은 보름이 지난 다음에 끝이 났다. 마음에 드는 길을 골라 핸들을 돌리며 시작한 여행이었지만, 우리는 돌아오는 길이 쉽지 않을 것을 예감하지 못했다. 그래서 애를 먹었다. 지도를 펼쳐 보고 사람들에게 길을 물어보며 돌아오는 길을 찾았지만 지도에도 없는 구석구석까지 들어갔기에 쉬울 수 없었다.

겨우 길을 찾아 집으로 돌아 왔을 때 수연은 한숨을 쉬며 고단한 몸을 뉘이고 행복해 했었다. —집아! 그리웠어.— 겨울의 햇살이 그리움인 것처럼 수연도 집이 그리웠다. 내 것이 아닌 것들이 익숙하지 않고 불편한 것처럼 수연은 그간 모든 것이 익숙하지 않고 불편했다. 필요한 것들을 원하는 제때에 공급받을 수 없다는 것이 그리움을 유발시켰다. 하지만 자신의 집에 발을 들여놓은 이상 모든 것이 제 자리를 찾은 것 같은 느낌이었다. 더 이상 그 무엇도 그립지가 않았다. 수연은 벽에 걸려진 시계로 시선을 돌렸다. 아직 오후가 되기에 조금 모자란 시간이었다. —좀 더 자야겠어.— 어제 새벽, 아직 밤이 눈을 뜨지 않았을 때, 수연은 예영이 준비해 준 옷과 모자로 기자들의 눈을 피해 집으로 돌아왔다. 예영은 자신의 은신처로 가주길 바랐지만 수연은 굳이 집으로 돌아왔다. 더 이상 형복할 수 없는 시간들에 머물고 싶지 않았으므로. 그 시간들이 주는 그리움에 더는 감정을 내어 주고 싶지 않았다. —난 모든 선택을 끝냈어.— 완전히 잠에 취한 수연이 다시 이불 속으로 들어가 눈을 감았다. 햇살은 점점 더 선명해지고 있었다.

***

"바보! 아무 말도 못했어요? 거기까지 이런 모습으로 달려가서 말 한마디 못하고 와요?"

열이 펄펄 끓었다. 그가 쉴 새 없이 토해내는 열기가 방 안을 가득 메우고 있어 조금은 더운 것 같다고 생각했다. 예영은 겉옷을 벗어 소파 위에 얹어 놓고 욕실로 들어갔다. 조그만 대야에 찬물을 받아 수건을 담갔다.

"그만 둬!"
"가만히 좀 있어 봐요."
"싫다잖아!"
"나도 싫어!"
"원하는 게 뭐야?"

예영의 표정이 어둡고 차가운 표정으로 변했다. 강요된 교육에 의해 인간으로서의 최소한의 도리를 행하고 있을 뿐인데 무언가를 바라는 사람처럼 취급당한 것이 예영의 기분을 살짝 건드렸기 때문이다.

"이것 밖에 안 되는 사람이었어요?"
"그걸 이제야 알아?"
"잘난 척은 혼자 다하더니 이 꼴이 다 뭐야."
"웃기는군. 내가 이러고 있다고 당신이 뭐라도 된 줄 아
나?"

예영은 말의 힘에 휩쓸려 버리지 않기 위해 안간힘을 썼
다. 울컥하는 기분에 속이 상하고 싸움이라도 한바탕 하
고 싶었지만 참기로 했다. 하지만 꼬박꼬박 한마디도 지
지 않고 기분 나쁜 말들로만 골라내는 그가 예뻐 보이지
는 않았다. 어떻게 하면 상처를 내는지 정확히 알고 있는
사람처럼 미웠다.

"당신들은 정말 날 피 말려 죽이려 해."

예영은 어제 오후 촬영장에서 조용히 수연의 위치를 그
에게 알렸다. 들었는지 아닌지는 알지 못했다. 다만 새벽

늦게 끝이 난 촬영장에서 그가 아무 소리도 없이 사라졌
을 때 들었나보다 하고 생각했었다. 그러나 사라졌던 그
가 이런 모습으로 나타났을 때 예영은 직감할 수 있었다.
아무 일도 일어나지 않은 것임을. 때늦은 재회는 아직 이
루어지지 않은 것이다. 예영은 일어나 창 밖을 바라보았
다. 많은 사람들이 호텔 앞을 지나가고 있었다. 붐비지도
않는 거리에서 마주 오는 사람들을 피해 도망치듯 빠른
걸음으로 사라져 갔다. ―뭐가 두려워서 피하는 거야.―
예영은 고개를 돌려 그를 바라보았다. 잠이 들어 있었다.
모든 고민을 자신에게 떠맡긴 채. 그가 신음하듯 뭐라고
말하는 것 같았지만 예영은 대만어를 알아듣지 못했다.
하지만 알아들을 수 있는 열기와 함께 쏟아져 나오는 한
마디, 수연. ―이봐 어리광을 부릴 땐 사람을 좀 가리는
게 어때? 아직 나는 당신을 잊지 못했다구!―

장쉬에의 귀환, 진실은 이대로 묻히는가?

　인기리에 방영되고 있는 드라마 '흘려낸 눈물만큼 목이 마르다' 의 종영을 앞두고, 장쉬에의 출국 날짜가 전해지면서 인터넷이 때아닌 몸살을 앓고 있다. 이는 이번 파문을 종결지을만한 아무런 단서도 찾지 못한 팬들 때문인데 그도 그럴 것이 어떠한 해명도 없이 종영과 함께 도망치듯 본국으로 귀환을 서두르는 장쉬에를 이해할 수 없는 것은 당연한 일이 아닐까? 또한 현재 윤수연의 잠적설은 장쉬에를 이해할 수 없게 만드는 요인 중 하나이다. 철통같은 경비를 서고 있던 기자들을 따돌리고 그녀가 병원에서 사라진 날, 촬영을 끝내고 매니저와 함께 움직였어야 할 그가 촬영장에서 사라져 매니저가 홀로 움직이는 것을 보았다고 측근이 밝혀와 또 다른 화재를 낳고 있는 이 시점에서 종영 바로 다음 날로 내정되어 있는 그의 출국 일정은 도무지 납득할 수 없다는 반응이다. 각 방송사와 신문사들은 그와의 인터뷰를 성사시키기 위한 갖은 노력에도 불구하고 일절 인터뷰를 거절하고 있어 궁금증은 커져만 가고 있는 실정이다. 왜 그는 이 같이 묵언으로 일관하고 있는 것일까. 또한 왜 그는 진실을 밝히지 않는 것일까. 만일 윤수연과의 연애설이 사실이기 때문에 그가 입을 닫고 있는 것이라면 팬들은 결코 이들은 용서할 수 없을 거라는 입장이다. 양선과 한예영 그리고 수많은 아시아 팬들에게 커다란 상처를 입힌 그들의 사랑을 인정할 수 없다는 것인데, 팬들은 이 같은 현상을 두고 '절대 그럴 리가 없다. 그는 다만 더 이상 윤수연과 연관짓는 것을 바라지 않는 것일 뿐'이라고 말하고 있다. 하지만 다른 한편에서는 '이것은 명백히 팬들을 무시하는 처사'라고도 반박하고 있다. 어쨌거나 이번 파문으로 장쉬에 본인도 피해를 입은 것은 공공연한 사실이다. 적잖은 안티 집단들이 생겨나고 마냥 옹호하던 팬들도 그의 소극적인 태도에 조금은 실망하는 눈치다. 하지만 그가 아직은 아시아를 대표하는 스타라는 꼬리표를 달고 있는 만큼 그에 따른 스타의식이 절대적으로 필요한 상태인 것만은 확실하다.

"대체 어느 구석이 진실이라는 거야! 커다란 상처? 누가 누구에게 커다란 상처를 입혔다는 거야 지금!"

기사를 읽던 예영의 목소리가 흥분해 있었다. 진실이라는 단어가 조금도 어울리지 않는 기사. 늘 새롭고 자극적인 기사가 사람들의 눈과 귀를 솔깃하게 한다는 사실을 글을 쓰는 사람은 정확히 알고 있었다. 하지만 사람들을 분노하게 하는 것으로 즐거움을 삼고 싶지 않았다면 진실을 써야 했다. 진실만이 감동을 줄 수 있는 것이기에. 그것을 원하지 않았다면 제대로 성공한 것이지만 말이다. —**진실을 밝혀야겠어!**— 진실은 믿어주는 가슴의 숫자에 달린 것이 아니라 존재를 믿는 누군가가 있다는 것에 의의를 두는 법이니까.

"나라면 억울해서 미쳐버렸을 거야. 누가 지들한테 용서를 바라기나 한대! 아무것도 모르면서 입 달렸다고 떠들어대면 다냐구!"

"인내하고 있는 걸 거예요 수연씬."

"인내요?"

"억울한 누명을 쓰고도 종신형을 산 사람이 있어요. 그 사람이 바보라고 생각해요?"

"그럼 아니란 말이에요?"

“진실은 때론 묻히기도 해요. 결국 진실을 인정받지 못하리라는 비정한 사실을 안 현명한 사람이라고는 생각 안 해요?”

“그래도 멍청해! 멍청해 죽겠다구요. 이런 기사를 보고도 돌지 않으면 그게 사람이에요.”

“사람들은 자기 자신이 바라는 쪽으로만 골라서 말하고 골라서 들어요. 뭐가 옳은지 옳지 않은지는 잘 알지 못하는걸요.”

“무슨 말인지 모르겠어요.”

“너무 흥분하지 말라는 말이에요. 그 기사를 쓴 양반도 뭐가 옳은지, 옳지 않은지 알지 못했을 거란 뜻이에요. 예영씨도 가끔은 실수를 하잖아요.”

“그럼 유실장님은 사람을 죽이고도 실수라면 용서해야 한단 거예요 지금?”

“그런 뜻이 아니라는 걸 알잖아요.”

“미안해요. 유실장님 잘못이 아닌데…. 자꾸 화가 나요.”

“알아요. 하지만 걱정 말아요. 아직 끝이 아니잖아요. 나는 그렇게 믿고 살았어요. ‘인내는 결코 후회를 가져다

주지 않는다’ 구요. 어때요. 예영씨도 한번 믿어볼래요?
밑져야 본전이잖아요.”

“고마워요.”

“뭐가요?”

“그냥 다요.”

──인내는 결코 후회를 가져다주지 않는다.── 예영은 한
번 믿어 보기로 했다. 아직은 절대로 끝이 아니니까.

* * *

어느새 방안으로 넘쳐 들어온 어둠을 퍼내고 싶었다.
수연은 오늘도 끝내 잠을 이룰 수가 없었다. 이젠 더 이상
두려울 것도 없었고, 그녀가 어렸을 때처럼 엄마의 옷깃
이라도 닿아야 잠들 수 있는 것도 아닌데, 그때처럼 다시
혼자가 된 때를 노린 어둠이 자신을 덮칠까봐서 눈을 감
을 수가 없었다. 최소한 몇 분간만이라도 두려움에서 멀
어질 수만 있다면 잠들 수도 있겠다고 생각했지만 끝내는
침대에서 내려와 책상 앞에 앉았다.

'뭘 보니?'

책상 위에 올려두었던 스노우 볼이 말을 걸어왔다. 지난 겨울, 브리즈번 몬트빌의 산타샵에서 샀던 그 스노우 볼이었다.

'아무것도.'

'날 보고 있었잖아'

'어쩌면'

'어쩌면?'

'응 어쩌면'

'넌 아주 솔직하지 못한 애구나! 날 바라본다고 원망한 적도 없는데 뭐가 두려워서 대답도 못하니?'

'미안 니가 싫어하는 줄 알았어.'

'그건 니 생각일 뿐이야.'

'니 말투가 그렇다고 생각했어.'

'생각은 가슴으로 하는 거야. 머리로 하는 건 오해를 만들어.'

'두려웠어. 니가 화를 낼까봐서. 나 혼자만 바라보고 있는 줄 알았거든.'

'그랬더라도 솔직했어야지. 그리고 내 대답을 들었어야 했어'

'너도 날 바라보고 있었니?'

'그걸 이제야 눈치채다니! 난 벌써부터 니가 봐주길 기다리고 있었다구! 얼마나 두렵고 추웠다구. 니가 영원히 날 바라보지 않을 것 같아서 무서웠어!'

'왜 이제야 말하니? 나도 무서웠단 말이야. 네가 곁에 함께 있다고 생각했으면 이 어둠도 좋았을 거야.'

'세상에나! 이봐! 난 계속해서 그렇게 외쳤다구! 듣지 못한 건 너야!'

수연은 창문을 열었다. 바람과 함께 따라 들어온 빛이 스노우 볼의 그림자를 만들었다. 그 그림자의 크기가 실제의 그것보다 높고 컸다.

'니 마음의 크기니?'

더 이상 대답이 없었다.

'대답하기 싫으면 안 해도 좋아. 가슴으로 생각한 거니
까.'

침대로 돌아온 수연은 그날 밤 깊은 잠 속으로 빠져들
었다. 두려움도 무서움도 없었다. 이미 혼자가 아니었으
므로.

＊＊＊

─난 괜찮아 예영아. 어쩌면 진실은 그리 중요한 게 아
닌지도 몰라.─

바람이 빨래를 못살게 굴고 있었다. 수연은 바람에게서
빨래들을 피신시켰다. 그가 떠났다. 올 때와는 다르게 그
가 떠났다는 사실을 수연은 알고 있었다. 신문에도 TV에
도 온통 돌아가는 그에 대한 기사들뿐이어서 안 보려고
해도 쉽지 않았다. 수연은 그를 다시 만났던 그날처럼 빨
래를 개키고 있었다. 이번에는 서둘러 빨래를 개었다. 그
간 밀어 두었던 일들을 하루 안에 처리해야 하는 것처럼

마음이 바빴다. 개어진 옷들을 넣어 놓고 창문을 열어 환기를 시켰다. 엊그제 내린 눈들이 아직 녹지 않고 그대로 쌓여 있었다. 눈을 바라보는 시간도 짧았다. 청소기를 돌리기 전 세탁기의 버튼을 눌러 놓았고 걸레를 빨아 쪼그리고 앉아 바닥을 닦았다. 서두른 탓에 창문을 열어 놓았는데도 춥다는 생각이 전혀 들지 않았다. 오히려 그 한기가 시원하게 느껴졌다. ―이런 생각들을 하는 것조차 그만 뒤야해!― 원망하지 않을 거라고 생각했다. 신을 향해 그리고 운명을 향해. 그 나름대로 다 이유가 있을 테니까. 신은 단 한번도 진실은 묻혀지지 않는다고 말하지 않았다. 그렇게 규정지은 것은 우리 인간들인 것이다. 그렇게 생각하자 마음이 훨씬 가벼워졌지만 그런 생각조차도 이제는 하지 않는 게 좋겠다고 생각했다. 왜냐하면 그는 돌아간 것뿐이니까. 행복해 죽겠다는 표정을 지을 일은 분명 아니지만 슬퍼 죽겠다는 표정도 지을 필요가 없는 것이다. 왜냐하면 이제 모든 것이 명확해졌으니까. 그랬다. 모든 것이 명확해졌다. 그는 아무 말도 없이, 아무런 인사도 없이 돌아갔다. 그것은 그의 마음을 대변하는 행동 같은 것이다. 수연은 오히려 마음이 편했다. 이 순간이 오기를 원했던 것처럼 그 무언가로부터 보호받는 기분이었다. ─그는 떠난 게 아니라 돌아간 거야.─ 수연은 평소보다 훨씬 더 행복한 미소를 지었다.

"바보! 왜 잡지 않았니?"
"돌아 간 것뿐이니까."
"무슨 말이야?"
"나도 처음엔 몰랐어. 하지만 이젠 알 수 있을 것 같아."
"도통 무슨 말인지."
"너도 언젠간 알게 될 날이 올 거야."

때로는 기다려야 할 때가 온다. 기적 같은 일은 반드시 오므로. 곧 죽음을 앞둔 사람에게 기적이 왔었느냐고 물으면 그는 대답할 것이다. ─삶 자체가 기적이었소.─ 하루하루를 죽지 않고 살아낸다는 것이 얼마나 기적 같은 일인지 우리는 느끼지 못한 채 살아간다. 만남도 헤어짐도, 아픔이나 슬픔도 기적에서 추출되어 나온, 삶의 지루함을 어루만져 주는 형태인 것이다. 기다림의 시간이 지

264

루하지 않을 수 있도록. 죽을 날짜를 알려주고 예상했던 모든 일들이 척척 들어맞아 준다면 이미 기적은 기적으로서의 임무를 다하지 못한 것이다. 수연은 그 기적 같은 날을 위해 그리고 예영의 기다림을 위해 아무 것도 알려 주지 않기로 했다.

"돌아가 보려구."

"야! 윤수연! 너 오늘 무지하게 이상한 거 아니? 하루 종일 웬 돌아간다 타령이야. 나야말로 너 때문에 돌아가시겠다."

"푸훗!"

"어째 오늘은 웃어도 안 이뻐 보인다."

"다녀올게."

"어딜?"

"브리즈번."

"그게 왜 돌아가는 거니? 그냥 가는 거지."

"내가 머물렀던 곳이잖아."

"당췌 알아먹을 수가 없어요~. 암튼 좋겠다!"

"아니. 좋을지 어떨지는 몰라. 좋아서 하는 여행이 아니거든!"

그의 출국 소식을 듣고 한 걸음에 달려온 예영은 아무것
도 알아들을 수가 없어 답답했다. 하지만 예상했던 것만
큼 수연의 표정이 나쁘지 않자 안심이 되었다.

"배가 고파."
수연이 배를 움켜쥐고 예영을 향해 살짝 웃어 주었다.
뭔가 조금씩 이해되기 시작하는 느낌이 들었다.

6

‘귀담아 듣지 말아요.

별로 중요한 말도 아니니까요.

그래도 한번쯤은 말하고 싶었어요.

태어나서 단 한번도 해본 적 없는 말이어서 어떻게 사
용하는지조차 몰랐었는데 이렇게 때가 오네요.

사람들은 대게 부모님으로부터 듣고 배우며 익히고 부
모에게 먼저 말을 하지만

나는 그때 너무 어렸던 탓에 듣고 말한 기억이 없네요.

한번 말하고 나면 그 다음엔 쉽다고들 하던데 그래서
그 한번이 힘든가 봐요.

세상에서 가장 내뱉기 어려운 말이 있다면 아마 이 말이 아닐까 싶어요.

어쩌면 당신은 너무 듣고 들어서 이젠 별말도 아닌 것처럼 들릴지도 모르겠네요.

늘 들으며 살아 왔을 테니까요.

그 흔하게 나오는 대중가요의 노랫말에서조차 따라 부른 적도 없다면 믿지 않을지도 모르지만 사실이에요.

살면서 제가 누군가에게 이 말을 하게 되리란 것은 짐작도 하지 못했지만 실은 누가 될까봐 두려웠어요.

당신에게 정말 누가 될까 걱정이네요.

그럼에도 불구하고 당신에게는 용기를 내서라도 꼭 말해주고 싶었어요.

참! 그렇다고 해서 당신이 듣고 싶어한다는 뜻은 절대로 아니니까 기분 상해서 듣진 말아요.

순전히 내 감정일 뿐이니까요.

아주 짧은 말이에요. 너무 짧아서 우리가 함께 했던 시간처럼 훅하고 지나갈지도 몰라요.

서두가 길었으니 더 이상 기다리게 하진 않을게요.

사랑해요. 사랑합니다.'

＊＊＊

　버스, 백화점, 극장 안, 공항의 공통점이 있다면 그것은 냉·난방이 지나치다는 것이다. 추우면 추운 대로 더우면 더위를 느껴야 하건만 죽기 살기로 더위를 쫓아내려 지나친 냉기를 뿜어대는 공항에 내리자 수연은 오히려 서울에서 입고 왔던 가디건을 꺼내 걸쳤다. 브리즈번 공항은 대체적으로 한산했다. 옆으로 두 개의 좌석을 차지하고 편안하게 올 수 있었기에 이미 짐작한 바였지만 생각보다 더 한산함이 깊었다. 수속을 마치고 짐을 찾아 나오자 입국장 앞에 숏팬츠와 소매 없는 블라우스를 입은 토리가 활짝 웃고 있었다.

　"더워?"

　"말도 못하게."

　"다시 왔어."

　"우리 다시 만날 거 아니었어?"

　공항 밖 주차장으로 나오자 수연이 입고 있던 가디건이 더웠다.

"정말 덥네."

"추웠을 너를 위한 선물이야."

"늘 그랬을 텐데 뭐!"

"그런 소리 마! 니가 없는 이곳도 추웠던 적이 있었다구. 그 땐 오히려 더운 때가 그리웠는 걸!"

지금 3월의 브리즈번은 더운 열기를 쏟아내지만 우리의 여름엔 추운 열기를 쏟아낸다. 추위는 더위를 그리워하고 더위는 추위를 그리워하면서 한 해를 보내는 것이다. 수연은 달리는 차안에서 창 밖으로 시선을 던졌다. 모두가 변한 것 없이 그대로인 것만 같았다. 그것들을 바라보고 있자니 예전의 기억들이 최근의 기억들보다 훨씬 더 선명해져 왔다.

"모든 게 그대로네!"

"자세히 보면 변한 것들도 많아."

"뭐가?"

"색깔!"

"색깔?"

"자세히 봐봐! 넌 제대로 기억하지 못하는 구나! 사실은
나도 그래. 아마도 색채가 틀릴 거야. 그때의 하늘빛이나
나무들의 색채는 똑같을 수 없지 않겠어?"

수연은 그 말을 이해했지만 토리가 잘못 알고 있는 거라
고 생각했다. 수연은 모두를 기억하고 있었다. 그를 만났
던 브리즈번의 하늘도, 싱그럽던 나뭇잎의 색채뿐만이 아
니라 자신이 내뿜던 빛깔까지도. 변한 건 브리즈번의 색
채가 아니라 어쩌면 자신인지 몰랐다. 그것들을 바라보는
자신의 마음과 눈빛이 달라졌을지도.

"네가 아직 모르는 이야길 해주고 싶어!"

토리의 목소리가 달리는 차의 뒤편으로 사라졌다.
"내가 모르는?"
"응. 네가 모르는."

                              ***

“무슨 잠을 그렇게 오래 자니?”

“오래 잤어?”

“정확히 스물여섯시간!”

“편한가봐.”

“니 모습을 보고 무척이나 놀랐어. 여기서 돌아간 이후
로 꼭 잠을 안 잔 사람 같았거든.”

“그런 것 같아.”

“이걸 좀 마셔!”

토리는 정원에서 따온 레몬으로 만든 에이드를 수연에
게 내밀었다.

“피곤이 풀릴 거야.”

“좋은데!”

“많이 변했어.”

“내가?”

“응.”

“뭐가?”

“글쎄! 뭔진 모르겠지만 예전과는 다른 빛이야.”

“다른 빛?”

“그래 다른 빛! 하지만 설명할 수가 없어. 흐릿하던 빛
이 선명해진 느낌이라고나 할까!”

“좋은 거야?”

“대체적으로!”

“그럼 됐어.”

“그것 봐!”

“뭐가?”

“일일이 다 대답하고 있잖아.”

수연은 토리가 무슨 말을 하고 있는지 몰랐다. 하지만
빛이 선명해졌다는 말은 싫지가 않았다. 별이 아무리 다
른 빛을 낸다 하더라도 결국 별일일 테지만.

“수연!”

“응.”

“몸이 떨어져 있는 것은 물리적인 힘에 가까워. 하지만

정신적인 힘이 가까이에 있다면 물리적인 힘도 결국엔 지고 말 거야."

"나 없는 동안 철학 공부라도 한 거야?"

이번에는 들렸다. 그녀가 무슨 말을 하고 있는지. 하지만 수연은 모른 체하고 싶었다. 미래를 예견하는 기적 같은 일을 기대하는 것은 이미 기적으로서의 의미를 상실한 것일 테니까.

"수연! 난 너의 뭐지?"
"친구?"
"맞아 친구."
"갑자기 그건 왜?"
"나는 너에 관한 한 다른 사람들이 진실이라고 믿는 부분들까지 존중하며 믿는다는 말을 하고 싶었어."
"고마워 토리!"
"아직 고마워하기엔 너무 일러!"
"……?"
"네가 아직 모르는 이야기를 해준댔지? 지금 이야기해

줄까 아니면 다음에?"

"다음에. 지금은 뭘 좀 먹고 싶거든."

"배고파?"

"응."

"훗! 좋아! 이야기하지 않겠어. 넌 네 방식대로 표지를 찾아가면 될 테니까?"

"표지?"

"넌 그냥 네가 하고 싶은 걸 하면 돼. 그게 표지야?"

"토리! 제발 부탁이야. 이제 난 너무 궁금해."

"소용없어! 넌 이미 선택했잖아?"

"그래 그랬어. 하지만 지금은 되돌리고 싶어."

"세상에 되돌릴 수 있는 게 뭐가 있다고 생각하지?"

사람들은 삶을 길에 비유했다. 하지만 삶은 되돌아 갈 수가 없다. 한 사람에게는 딱 하나의 삶이 주어졌을 뿐이다. 여러 개로 나뉜 길에서 단 한번의 선택이 가능한 것이다. 수연이 안 것은 그것뿐이었다. 일년 이상을 그통으로 살아내면서 고작 건진 거라고는. ―삶은 **되돌아갈 수 없어.**―

“좋아 다음에 이야기해도. 하지만 난 표지를 찾지 않을 거야. 표지는 분명 내가 원하는 것보다 자신이 원하는 걸 알려 줄 테니까.”

“네가 잘못 안 건 아니구?”

토리가 싱겁게 웃었다. 비밀스러운 웃음이었다. 하지만 수연은 더 이상 궁금해하지 않기로 했다.

* * *

돌아오는 길에 죽은 캥거루를 보았다. 아까와는 전혀 다른 모습의 캥거루였다. 동물원에 살고 있던 온순하고 길들여진 캥거루는 낯선 사람들을 보고도 아무 거리낌 없이 하던 일을 계속하고 있었다. 먹이를 주어도 쉽게 다가오지 않고 행동으로 가까워지길 원해도 꿋꿋이 자리를 지키며 자신이 원하는 일만 골라했다. 힘들게 각기 다른 이유로 동물원을 찾은 사람들에게 아무런 기쁨도 주지 않겠다는 심산인 듯 보였다. 우리는 그 무관심으로 인해 상처를 받고 코알라에게 관심을 보였다. 그러나 역시 마찬가지였다. 가끔 눈을 뜰뿐 더 이상의 관심이 따분한 듯 내내 잠만 자는 코알라들뿐이었다. 하지만 지금의 캥거루는 달랐을 것이다. 사람들의 관심도 행동도 모른 척하지 않았을 것이다. 오히려 사람들에게 관심을 받고 싶어 도로 위로 뛰어들었던 것이 자신을 돌이킬 수 없는 지경에 데려다 놓았을지도 몰랐다. 수연은 도로 위에서 뻘건 내장을 드러내고 있던 캥거루에서 자신을 떠올렸다. ―더 이상 그를 생각하지 않기로 했잖아!―

"야경을 볼 테야?"

토리와 수연의 여행은 며칠째 계속되었다. 아침 일찍 일어나 늦은 새벽까지 여행에 올인한 사람들처럼 열심을 냈다. 동물원에서 돌아오는 길에 브리즈번의 야경이 아름다운 것을 생각해 낸 토리가 물었다.
"좋아!"

우리는 브리즈번 시내에 있는 강으로 갔다. 거기서 페리를 기다렸다.

“여기 사람들은 페리로 이동을 해. 참 낭만적이지 않
아?”

자정이 넘은 시간이었다. 우리는 마지막 페리를 타고
돌아오기로 했다. 강을 가로지르며 보는 야경은 정말 환
상적이었다. 뜨거운 뙤약볕 아래 하루 종일 걸은 탓에 끈
적끈적하던 몸의 느낌을 바람이 뽀송뽀송한 느낌으로 돌
려놓았다. 강 주변으로 수많은 빌딩들이 내뿜는 빛에도
불구하고 지나치게 많은 별들이 하늘을 채웠다. 우리는
페리의 뒤편에 앉아 그저 검을 뿐인 강의 색채를 바라보
고 있었다.

“토리! 참 신기해.”
“뭐가?”
“검은 빛이 덮고 있었나봐. 배의 모터가 들추어내니까
투명한 물의 색깔이 보이잖아.”

밤이 걷히면 낮이 오는 것처럼 어둠이 걷히면 더욱더 투
명하고 깨끗한 빛이 나올 것이다. 그것은 세계를 유지시

키고 있는 질서 같은 것일지도 모른다. 분명히 끝은 있지만 세계의 끝은 없다. 끝이 나는 건 세계가 아닌 자신이니까. 반복적으로 어둠과 빛이 공존하면서 세계를 지탱하고 사람들은 끝을 기다린다. 끝이 불행한 사람도 혹은 행복한 사람도 자신이 사라진다고 해서 세계마저 사라진다고 생각하지 않는다. 단지 더 이상 공존하는 세계 속에 속하지 못했을 때 공존을 이해한다. 반복된 삶을 살았다는 것을. 상처와 행복을 번갈아 느끼고 언제나 행복이 가득한 일들로만 살 수 없다는 것을 말이다. 수연은 어쩌면 밤의 어둠이 두려웠던 게 아니라 곳곳에 도사리고 있었던 어둠이 두려웠던 거라고 생각했다. 말이 내는 상처와 내가 가진 모습과 상황들이 내는 상처, 직장에서 가정에서, 혹은 친구와 연인에게서 오는 상처들로 우리는 두려움을 느끼는 것인지도. 순위조차 매길 수 없는 갖은 상처 속에서 살면서도 사람들은 때로는 담담했다. 상처가 상처를 내는 것으로 끝내지 않고 좌절과 후회 또는 분노와 복수들을 만들어 주지만, 우리는 그 상처로 단단한 힘을 가지게 되고 더불어 희망으로 거듭나기도 한다. 선과 악, 필요와 불필요가 공존하는 세계 속에서 우리가 살아낼 단 한가지의

방법은 자신의 몫을 최선을 다해 살아가는 것이다. 그래
야만 기생충 같은 상처들에서 벗어나 행복을 기대할 수
있는 것이니까.

집으로 돌아왔을 때 은근한 빛이 새벽을 알리고 있었다.
곧 제대로 된 빛이 온 세계를 덮게 될 것을 수연은 알 수
있었다.

"토리! 내일은 나 혼자 여행을 했으면 해!"

* * *

수연은 썬샤인 코스트로 가는 길에 잠시 차를 세웠다.
창 밖으로 스쳐지나가기에는 너무도 아까울 만큼 아기자
기한 마을이 눈에 들어왔던 것이다. 수연은 거기에서 작
은 인형 몇 개와 커다란 아이스크림을 샀다. 다 먹지 못할
것 같았지만 가장 큰 사이즈의 아이스크림을 주문한 것은
어린 날의 기억 때문이었다. 적어도 지금은 그때처럼 눈
치를 봐야 할 할머니와 할아버지는 계시지 않으니까. 수

연은 아이스크림의 가장 밑 부분까지 기분 좋게 다 먹어 치워 버렸다. 한 끼의 식사량으로 충분하다고 생각했다. 다시 차를 몰고 썬샤인 코스트로 향했다. 그리고 또 한번 차를 세웠다. 도로 한복판으로 수십 마리의 소 떼들이 줄지어 지나갔기 때문이다. 아주 편안하고 여유 있게 자신의 길처럼 도로를 이용하는 소 떼들에게 손을 흔들어 준 다음 다시 차를 몰았다. 수연은 에어컨을 끄고 창문을 열었다. 후끈한 바람들이 부지런히 차 안으로 들어왔다. 긴 머리가 바람에 날려 앞을 가리자 한 손으로 머리를 귀 뒤로 넘겼다. ─어떻게 이리 생생할 수 있지?─ 수연이 레드 크리프 앞에 차를 대고 중얼거렸다. 한번의 실수도 없이 길을 잘 찾아 온 자신이 스스로도 대견했다. 차의 시동을 끄고 바다를 향해 걸어 나갔다. 바다 곁에서 시원함을 느꼈다. 더운 건 모래와 햇살뿐이었다. 수연은 바닷물 속에 잠시 발을 담갔다. ─다 그대로야! 변한 건 나뿐인가!─ 한창 서핑을 즐기는 사람들이 도로에서처럼 바다 위를 질주하고 있었다. 불안정한 곳에서 자유를 느끼는 그들에게 미소를 보냈다. 개와 산책을 하러 나온 만난 적 없는 아저씨에게도, 멋진 비키니를 입고 튜브로 몸을 가린 꼬마 숙녀에게도 미소를 지어 주었다. ─배가 고픈걸!─ 수연은 식당으로 갔다. 관광객들이 몰려 한참의 시간을 기다린 후에야 차례가 돌아왔다. ─혼자 먹기엔 좀 많은 양이네.─ 싱싱한 해산물들이 즐비하게 놓여있는 걸 본 수연은 혼자 먹고도 남을 양을 튀겼다. 그것들을 바닷가로 들고 나와 앉아 손가락을 쪽쪽 빨아가며 넘칠 만큼 많이 먹었다. ─그때도 이렇게 맛있었나?─ 남은 음식들을 새들에게 나누어주고 바닷가 근처의 수돗가에서 손을 닦았다. 닦는 김에 발에 묻은 모래알들까지 깨끗이 씻어냈다. ─딱 한군데만 더!─ 수연은 돌아갈까 하다가 한군데를 더 들리기로 했다. 커다란 나무 그늘 아래 앉아 바다를 바라보면서 오길 잘했다고 생각했다. 하늘과 바다를 꿰매놓은 듯 딱 붙어 있는, 그림 같은 풍경에 시간이 저절로 간다는 것을 잊었다. 수연은 시계를 보았다. 어느새 태양이 일몰 직전에 있었다. ─그만 돌아가야겠어!─ 수연은 마시던 커피를 한 입에 털어 넣고 휴지통을 찾으려 고개를 돌렸다.

"안녕 수연?"

282

----안--녕 카이?----

"곧 해가 질 거야."

"그래!"

"한 가지 알려줄게 있어서 왔어."

"……?"

"아직도 태양이 별보다 빛난다고 생각하니?"

"글쎄!"

"잘 안보여서 그렇지 밝은 대낮에도 별은 떠있었어. 밤이 되면 태양은 완전히 사라지지만 별들은 언제나 그 자리에 떠 있어."

"그래서?"

"태양은 언제나 어둠에게 완벽한 패배자일 뿐이라구."

"바보! 태양도 별도 어둠에게 있어선 하나의 빛일 뿐 당신도 나도 다 틀렸어."

"풋!"

"훗!"

"우리 반딧불 보러가지 않을래?"

"훗!"

"여기서 멀지 않아!"

“멀어도 좋아!”

“훗!”

　태양이 완전히 사라지고 조금 후면 별들이 바다 위를 메울 것이다. 수연은 시간이 저절로 간다는 사실을 까맣게 잊었다. 곧 어둠이 밀어닥칠 시간이지만 두렵지 않았다. 빛은 어디에나 있는 것이니까.

★ ★ ★

오래 전,

별에도 빛이 있다는 사실과 그 빛들이 모여 태양보다도 아름다운 빛을 낼 수 있다는 것을 모르고 살던 제게 태양의 소중함을 일깨워준 한 여인을 만났습니다.

그녀를 보면 자꾸 생각 없이 피식피식 웃음이 나와서 한 발 두발 나아가던 것이 어느덧 사랑이 되어 버렸지요.

하지만 가슴에 난 상처가 많아서, 가슴에 날 상처가 두려워 비겁하게 그녀를 혼자 아파하도록 내버려두었습니다. 그것이 그녀를 위하는 길이라고 믿었습니다.

그러나,

어느 날 문득 잠에서 깨어서야 알았습니다.

저는 왜 여기 있는 것일까요.

상처 없이 그녀를 제자리에 돌려놓을 수 없다면 함께 있는 길이 더한 상처가 된다 하여도 잃을 게 없는데 말입니다.

그래서 제가 지금 좀 바빠졌습니다.

태양과 별이 같은 곳에 있을 수 없다는 것을 안 이상,

그녀와 나란히 서서 빛을 내기 위해 태양의 자리에서 내려와야 하니까요. 그리고 저는 홀로 힘들었을 별을 만나 끊임없이 바라보고 있었다는 사실로 여인을 위로하려합니다.

별이 태양의 진심과 용서를 받아 줄지는 알 수 없습니다.

여러분들이 저를 이해해주시고 용서해주실지 알 수 없는 것처럼 말입니다.

하지만 이 모든 것이 불확실하고 더 험난한 길이 될 수 있다 하여도 그녀 앞에서조차 솔직하지 못했던 죄로 이겨내 보려합니다.

여러분!

부디 저의 행운을 빌어 주시지 않겠습니까?

별을 만나러 가는 길에 반드시 별을 볼 수 있도록, 그리고 용서를 받을 수 있도록 말입니다.

공항으로 수연을 마중 나가는 길에 아시아 채널로 주파수를 맞춘 토리가 생중계 되고 있는 방송을 듣고 있었다.

―쉬에씨! 별은 반드시 뜰 거예요. 파이팅!―